大雅

为一种品格注脚

威廉斯系列

酸葡萄
威廉斯诗合集(第一卷)

[美]威廉·卡洛斯·威廉斯 著
傅 浩 译

广西人民出版社

图书在版编目（CIP）数据

酸葡萄：威廉斯诗合集：第一卷 /（美）威廉·卡洛斯·威廉斯著；傅浩译 .—南宁：广西人民出版社，2024.5
（威廉斯系列）
书名原文：The Collected Poems of William Carlos Williams
ISBN 978-7-219-11619-7

Ⅰ.①酸…　Ⅱ.①威…②傅…　Ⅲ.①诗集—美国—现代　Ⅳ.① I712.25

中国国家版本馆 CIP 数据核字（2023）第 208917 号

酸葡萄：威廉斯诗合集（第一卷）
SUAN PUTAO：WEILIANSI SHI HEJI（DI-YI JUAN）
［美］威廉·卡洛斯·威廉斯 / 著　傅浩 / 译

出 版 人	韦鸿学
策　　划	白竹林
执行策划	吴小龙
责任编辑	许晓琰　李雨阳
责任校对	周月华　黄　熠
装帧设计	周伟伟

出版发行	广西人民出版社
社　　址	广西南宁市桂春路 6 号
邮　　编	530021
印　　刷	广西民族印刷包装集团有限公司
开　　本	889mm×1194mm　1 / 32
印　　张	12.5
字　　数	291 千字
版　　次	2024 年 5 月　第 1 版
印　　次	2024 年 5 月　第 1 次印刷
书　　号	ISBN 978-7-219-11619-7
定　　价	69.80 元

版权所有　翻印必究

目 录

001　　译者序　诗医威廉斯：美国新诗的助产士

脾气（1913）

055　　地上的和平
057　　后奏曲
059　　最初的赞美
060　　敬意
062　　傻瓜之歌
063　　出自"维纳斯的诞生"，歌
065　　不朽
066　　次强音
067　　后来之歌
068　　粗鲁的哀歌
069　　考验
070　　科隆的弗朗哥之死：他对贝多芬的预言
073　　预兆

075	活泼有力地
077	趋向无穷
078	躺在这里
079	同时代者
081	愿我有勇气

给想要它的人（1917）

085	地下
088	牧歌
090	菊苣与雏菊
092	律动的形象
093	走路的女人
095	海鸥
097	恳求
098	港口中
100	冬季落日
102	辩解
104	牧歌
106	情歌
108	马·博
110	传道文
114	散步
117	那人
118	英雄

120	自由！平等！博爱！
122	斑蝥
123	母者
124	夏歌
125	情歌
126	外国的
128	序曲
129	历史
135	冬日寂静
136	黎明
137	良夜
139	俄罗斯舞
141	一个卧床女人的写真
144	美德
146	征服
147	一个心脏不好的青年的写真
149	凯勒·吉根大师
151	闻闻！
152	芭蕾
155	令人同情的一个孩子的写真
157	大怪物
159	机锋
160	老男人
162	牧歌
163	春天的旋律
165	树木

167	穿灰衣的肖像
169	邀请
170	嬉游曲
171	一月的早晨
177	致一位孤独的弟子
180	为一块地所作的献辞
183	凯·麦克布
185	情歌
186	漂泊者

酸葡萄（1921）

203	迟唱的歌者
204	三月
211	贝尔克特和群星
212	一场庆祝
216	四月
218	晚安
221	火车头之舞序曲
224	现代罗曼史
229	荒野
230	咏柳诗
231	冬季临近
232	一月
233	暴雪

234	为唤醒一位老妇人
235	冬树
236	怨言
238	寒夜
239	春季暴雨
240	美味
243	星期四
244	晦暗的日子
245	时光这刽子手
246	致一位朋友
247	温文尔雅的男人
248	萧萧的风
249	春
250	游戏
251	诗行
252	穷人
253	彻底的消灭
254	对四月的回忆
255	墓志铭
256	雏菊
258	樱草
260	野胡萝卜花
262	大毛蕊花
264	等待
266	猎人
267	到来

268	致一位朋友,涉及数位女士
271	青春与美貌
272	思想者
273	争论者
274	郁金香花床
276	群鸟
277	夜莺
278	喷
279	蓝菖蒲
281	寡妇的春愁
283	心情轻快的威廉
284	作者的写真
287	寂寞的街道
288	大数字

春天及一切(1923)

293	一、春天及一切
295	二、盆花
297	三、农夫
298	四、逃往城市
300	五、黑风
303	六、什么都没有做
306	七、玫瑰
309	八、在六月的水龙头中

312　九、年轻的爱
317　十、眼镜
319　十一、通行权
321　十二、构图
323　十三、受苦的教堂尖顶
326　十四、死神理发师
328　十五、光明变成黑暗
331　十六、给一个患黄疸病的老妇人
333　十七、开枪吧吉米！
335　十八、给埃尔西
339　十九、角状的紫色
341　二十、海
343　二十一、宁静
344　二十二、红独轮车
345　二十三、胡言乱语
348　二十四、白杨大道
351　二十五、快速交通
353　二十六、看球赛
356　二十七、野花

寒冬来袭（1928）

359　9/29（我的卧铺狭窄）
361　9/30（没有完美的浪涛）
363　10/9（过道里）

364　10/10（星期一）
365　10/21（枯死的杂草中一个垃圾堆）
367　10/22（那雨湿的橙色）
368　10/28（大热天）
369　10/28（在这强光中）
370　10/29（贫穷的正当性）
372　10/30（致空中的货运火车）
374　11/1（月亮、枯草）
376　11/2（大丽花）
377　11/2 清晨对俄国的想象
382　11/7（我们必须听）
383　11/8（啊被污染被污蔑的）
384　11/10（贝壳花）
386　11/20（就连白痴也变老）
387　11/22（猎人依旧回来）
388　11/28（我挣的钱真的很少）
389　12/15（在万能上帝面前她是个什么形象啊）

译者序

诗医威廉斯：美国新诗的助产士

1950年3月30日，时年23岁的艾伦·金斯伯格主动写信给66岁的同乡前辈威廉·卡洛斯·威廉斯，表示愿意与之结交，自称"从我，一个不知名的年轻诗人，到您，一个不知名的老诗人，我们住在这世上同一个腐朽的县里"。他的措辞似语带双关，因为"不知名"（unknown）既可意谓不相识，又可意谓不出名。金斯伯格无疑当时尚未出名，对于威廉斯来说也算是陌生人，尽管前者自称两年前为当地一家报纸简短采访过后者，但后者未必记得他。那么反过来，威廉斯对于金斯伯格来说肯定不算陌生，所以只可能是不出名了。的确，威廉斯虽然出道颇早，1909年就已自费出版了第一本诗集，与埃兹拉·庞德和托·斯·艾略特差不多同时，到此时（1950）主要作品多半也已问世，但与蜚声国际的后二者相比，可以说还是暗淡无光。在时人眼里，威廉斯顶多只是个想法古怪的地方诗人，而在他的家乡本地，一直都很少有人在乎或知道他写诗，他的主要角色还是金斯伯格眼中的"乡下郎中"。

从英国年轻诗人托姆·冈的评论中，或许可以约略窥见威廉斯当时在英美诗坛的地位及其成因：

> 主宰诗坛直到19世纪50年代初的是艾略特，威廉斯显然不能不忍受的文学时尚就是这样——在这样的主宰下被误解，

或者更常见的是，被忽视。当被想起时，威廉斯被所有追随艾略特的评论家（即大多数评论家）视为一种孟什维克，无足轻重。他的作品在他生前在英国没有发表过，也就基本上没有人读到过；不到十年前，一位有影响的英国评论家还可以将之概括为"威廉·卡洛斯·威廉斯关于红砖房、郊区主妇、令人愉悦的标准化室内装修的诗"。美国比英国大，也就有更多允许多样化的空间，但是在那里，对文学的看法也集中化了；在那么辽阔的景色中，威廉斯在19世纪30年代和40年代里却往往不为人识。

一、兴趣与谋生：乃文乃医

威廉斯在《自传》（1951）的前言中说："身为作家，我一直是个医生；身为医生，我又一直是个作家；身为作家兼医生，我服务了68年，生活没有什么波澜，离开我碰巧出生的地方不超过半英里[①]。"1883年9月17日，威廉斯出生于美国东部新泽西州乡间当时面积只有一平方英里、人口不足三千的拉瑟福德。其父乔治是有一半丹麦血统的英国人，其母艾莱娜是法国、西班牙和荷兰犹太人混血的波多黎各人。乔治是一家香水公司的经理兼推销员，终身未入美国籍，业余爱好戏剧，喜欢操着纯正的英国腔给家人朗读莎士比亚剧本、基督教《圣经》和黑人方言诗。艾莱娜年轻时想当艺术家，曾赴巴黎学画三年，因经济原因未能完成学业，婚后随夫到美国定居，成为家庭主妇，但她与当地生活格格

---

① 约合0.8千米。

不入，坚持在家里对两个儿子说法语和西班牙语。威廉斯总是以自己的"坩埚"家庭背景自豪，因为这正是美国文化的特色："来自混血祖先，我从童年之初起就觉得美国是我有可能称为自己的、唯一的家乡。我觉得它就是为我个人特别建立的。"

虽然从小就受到文学熏陶，但文学并非威廉斯的第一兴趣。上高中的时候，他自认为有体育天赋，想当长跑和棒球运动员，但在一次赛前训练期间心脏出了毛病，从此体育梦幻灭，文学梦萌生："那始于一次心脏病发作。我时年十六七岁。……放学后不跟别的人在一起。我被迫回到自身。我不得不思考自己，审视自己。我开始阅读。"从外向转为内向，是迫于无奈，这颇有些宿命的意味。"我对诗歌的发现始于在学校读的经典作品：《沉思的人》《快乐的人》《利西达斯》《科玛斯》《老水手行》等。"这似乎也没有选择的余地。就连后来最具反叛精神的金斯伯格，也是从英国经典诗歌起步的。不过，这时的威廉斯还"没有丝毫从事写作或任何艺术工作的意图"，与他交往的朋友仍旧是以前在棒球队结识的小伙伴们。但他兴趣广泛，继对体育的热情之后迸发的是对艺术的热情。受母亲的影响，他和弟弟爱德从小都练习绘画。他晚年如是说："我一辈子都有当画家的强烈倾向。在不同环境下，我宁愿当个画家，也不愿折腾这些该死的文字。我从来没有真的认为自己是个诗人，但我知道无论如何我得是个艺术家。成为诗人是生活安排的结果。"而受父亲的影响，他毕生都对戏剧有着浓厚的兴趣，不仅喜欢表演，而且创作过几部剧本。他自称，上大学期间，"我的第一兴趣是戏剧。我在舞台上很自在。我喜欢在大学戏剧中表演。我甚至考虑过放弃医学，去当个换布景工"。此外，他还喜欢音乐，练习过拉小提琴。为决定将来从事何种艺术工作，他曾经深思熟虑：认为自己音乐"不及格"；绘画还行，但"脏乱、笨重";雕塑、舞蹈需要久立或多动,自己腿脚不行。最后,他才想到了写作:"写作,像莎士比亚那样!……我想写作,而写作不需要任何装备。"思想斗争的结果催生了他的第一首诗。他如是回忆:

> 我的第一首诗犹如晴天霹雳般诞生了。它不期而至,打破了一个幻灭和自戕性沮丧的魔咒。诗如下:
> 一团黑黑的云
> 被飞翔的暴雨
> 驱赶
> 飞过太阳上方。
>
> 只是,我感到的快乐,当时掠过全身的那神秘、令灵魂满足的快乐被随之而来的评论中和了:云怎么会被雨驱赶呢?愚蠢。
> 但是那快乐还在。从那一刻起我成了诗人。

1902年,威廉斯从高中直接考入宾夕法尼亚大学医学院。他上大学选择学医也许是有意无意中效仿榜样舅父卡洛斯的结果。他虽然"乐于学医,但发觉不可能仅限于此。我刚开始学习,就想辍学,而专注于写作了"。现在是艺术与谋生之间的选择。他想了很多,最后归结成两条:一是写作没人教,所以自由写作不能赚钱;二是自学写作期间需要有生活来源,而他不想依赖任何人。"但最终是钱决定了我。我愿意继续学医,因为我决心成为诗人;只有行医,我乐于从事的一种工作,有可能让我随心所欲地生活和写作。……我不愿'为艺术而死',而要为之而活,严肃地!工作，工作，工作（像爸爸），赢得比赛，然后自由（像妈妈，可怜的人儿！）写作，写作，只像我这样写作，我本可以补充一点，为了纯粹的迷醉。而且是对世界以及随之而来的一切的全面挑战。"解决了衣食之忧，他才可能想写什么就写什么，想怎么写就怎么写。他的这一自发而理性的选择是与浪漫主义运动以来视诗人为先知、英雄或放荡不羁的波希米亚流浪者之类非常人物的流行观念背道而驰的，而这种观念直到20世纪50年代之后才在英美文学界逐渐"过时"[①]。到了晚年，威廉斯如是说："我时年73岁。我尽可能活到现在，一边做医生，一边还写诗。我行医是为了赚钱，以便称心如意地活着，而令我称心如意的事情是写诗。……我一生都不曾停止思考。我认为一切写作都是一种病。你无法阻止它。"

二、最初的模范：济慈和惠特曼

上大学不久，早已熟读《英诗金库》的威廉斯就开始专研英国浪漫主义诗人约翰·济慈，并模仿其风格和形式写作一首以中古王室爱情悲剧为主题的叙事长诗了。"济慈，在我上医学院的那几年里，是我的神。《恩底弥翁》真正地唤醒了我。我虔诚地模仿济慈的风格，开始仿照《恩底弥翁》的模式写我的巨著。"同时他也读过美国诗人惠特曼的诗作，但并不同等喜欢。他晚年回忆当初："我已经开始写作，正每天记下我的不朽思想。小诗，很坏的诗。……更像惠特曼而不是济慈。我读过《草叶集》，不喜欢其中大多数作品，但《我自己的歌》的开头几行给我印象很深。我的

[①] 参见傅浩：《英国运动派诗学》，译林出版社，1998年，第33—48页。

快速自发的诗作,相对于我的字斟句酌的济慈式十四行诗,写在厚厚的硬皮抄本上。""然而,在我的笔记本(我想没有人看过)里,我保存着我的惠特曼式'思想',一种净化和告解,以清理我心脑中晦涩乏味的执著念头。""那抄本里的诗,我的秘密生活,我在遇见庞德之前写的诗,是只能描述成自由诗的东西,没有形式,模仿惠特曼。很奇怪,我当时那么痴迷,一方面是济慈的字斟句酌的优雅,另一方面是惠特曼的生猛。"正所谓"有意栽花花不发,无心插柳柳成荫",刻意向外模仿的皇皇巨著渐渐难以为继,终于付之一炬;随意即时内省的小诗倒是积少成多,初具规模。

1909 年,已是实习医生的威廉斯花费 32.45 美元在家乡自印了第一本诗集《诗作》,共 22 页,录诗 26 首。第一条题词是济慈《希腊古瓮颂》的诗句:"快乐的乐手永远吹奏着永远新鲜的歌曲。"第一首诗是《天真》,第二首诗是《单纯》。前者的第一行是:"天真永远不会消逝。""我当时真相信这个,现在也真相信。这是一个人与生俱来的东西。我依然喜欢单纯。我一生都直话直说,但是诚实地直话直说。无论要说什么,我都力图说得直截了当。"晚年回顾少作,威廉斯自我评价说:"这些诗显然年轻,显然坏。我采用我会的唯一形式,押韵的对句,学自弥尔顿。这些诗应归为十四行诗一类,不是莎士比亚式的十四行,而是济慈和其他浪漫派诗人的十四行。有明显的伊丽莎白王朝时代的影响。"他在字斟句酌的《自传》里则如是写道:"这些诗是坏的济慈,没别的——哦,好吧,也是坏的惠特曼。……充满倒装句,押韵不正确,形式僵化。"一开始惠特曼没能像济慈那样强烈吸引威廉斯,是因为威廉斯还年轻,随着年龄和阅历的增长,他必将越来越能体味惠特曼的本地情怀。

三、庞德：亦友亦敌

威廉斯晚年回忆称，他认识埃兹拉·庞德前后的生活"宛如公元前和公元后"，可见后者对他的影响之大。当时威廉斯是宾夕法尼亚大学医学院的新生，比他小两岁的庞德已是同校法语文学专业二年级学生了。两人在别人眼里都是爱好文学的怪人，彼此一见如故。威廉斯把自己模仿济慈的作品给庞德看，但"他不佩服。他只佩服他自己的诗；但当时，我也只佩服我自己的诗，所以我们相处得还行"。也许是为了澄清什么，他似乎刻意强调："埃兹拉·庞德和我不是竞争对手，无论是在追女孩还是在写诗方面。我们是哥们儿，各自独立写作，又互相尊重。我觉得佩服，因为他在学文学而我却没有。我一有机会就从书本上学习。"也许是由于专业上的优势，更可能是性格使然，"埃兹拉，那时就常常攻击我（现在他依然如此），说我缺乏教育和阅读"。威廉斯还在踏踏实实地"啃"济慈的时候，庞德"总是比我早慧得多，早已疯狂地向前跑了"。庞德总是在扮演引路者的角色，处处表现自己；威廉斯则是"听者"，但保持着应有的警醒，"我总是保持自己不受庞德所说的任何话影响"。他们每每见解不合，但彼此够坦诚，无话不说，故能相互包容。实际上，影响始终存在于互动之中，无论是以正面还是负面形式。

1908年，庞德跑到了英国伦敦——他所谓的"诗歌之地"寻求发展。威廉斯视此行为近乎"叛国行径"，认为留在最初动力"源泉"附近的人，其作品才会更打动人。到达伦敦之前在意大利威尼斯盘桓期间，庞德在当地自费出版了第一本诗集《随着烛火的熄灭》。威廉斯对该诗集的反馈是毫不客气的批评："苦涩的私人笔记""诗的无政府状态"云云。庞德回信自辩的同时，称赞他的批评"真诚"，又像是下结论似的说："当然我们不会意见一致，那太没意思了。"庞德对威廉斯的第一本诗集的反应则是："如果你在伦敦，看到时下流行的诗，我不知道你还会印多少。——你想让我像评论自己的诗一样评论它吗？……个性、独创，没有。伟大的艺术，不是。诗嘛，倒是……你的诗集在这里人家走过都不会看一眼。其中有些好句，但我不认为你在什么地方给你当作模范的诗人增加了什么。……你与世隔绝了。——总之——"然而，威廉斯在写《自传》时似乎忘记了这回事："埃兹拉默不作声，如果他确实看到了那东西；我希望他从未看到过。"

在1908年10月21日给威廉斯的回信中，庞德提出了以下写作原则：（一）如我所见画物；（二）美；（三）没有说教；（四）如果重复他人，至少要做得更好或更简练，才是好风度。继庞德在1912年11月"发明"了意象主义这个名词之后，这几条原则发展成发表在1913年3月号《诗刊》上由庞德"口授"、F. S. 弗林特署名的《意象主义》一文中罗列的三条"规则"和两条"方法"，以及庞德亲自撰写的《意象主义者的几不要》一文中更多的戒条。威廉斯一度是这些教条的笃实奉行者："我们曾遵循庞德的教导，他那些著名的'不要'，避免使用倒装句，放下对于我们的感觉是多余的、因此是不适用的、仅仅用来填充一种标准形式的东西。"庞德编选的诗选集《意象主义者》（1914）中，选有威廉斯的一首题为《尾声》的诗。此诗类似他们共同的朋友H. D.（希尔达·杜利特尔）在庞德的鼓励下所作，也是从比英国文学更古老的欧洲文学传统，即古希腊文学中寻找灵感的。这标志着威廉斯正式加入意象派，成为"庞德帮"的一员。然而不久，庞德就抛弃了他认为被艾米·洛厄尔庸俗化了的意象主义，转向了与温德姆·刘易斯共同提倡的漩涡主义，"一种更严格的意象主义形式"。威廉斯则在某种程度上继续因循意象主义，或者说，庞德所蔑称的"艾米象主义"。在艾米·洛厄尔连续三年编选的每年一卷的诗选集《一些意象主义诗人》（1915，1916，1917），甚至后来的《意象主义选集1930》中，都有威廉斯的诗作入选。庞德在1917年8月与《小评论》编辑的通信中论及前三卷选集："我认为这些人当中没有任何人有进步，自从第一卷《一些意象主义诗人》以来有多少发明。"其中自然包括威廉斯。庞德与艾米·洛厄尔的分歧似乎主要在于对自由诗体的态度，前者认为，滥用自由诗体写作易导致"平脚板"，即蹩脚之作，后者则认为用自由诗体往往比传统诗体能更好地表达，尽管并不坚持它是唯一的手法。1916年刊的《一些意象主义诗人》的前言对自由诗做了更多的辩护，称"意象主义者将许多诗基于节拍而非音尺式""自由诗的定义就是——一种基于节拍的诗体""自由诗的基本单位不是音尺——音节的多少和长短，也不是行。其基本单位是段——它可以是整首诗，也可以只是一部分"。作者并设譬说明：假设规定一个人在两分钟内走完一个圆圈，每一分钟走半圈，那么，他在规定时间里可以匀速地走，也可以先快后慢或先停后赶，只要按时走完规定的路程即可。这说明：在一定单位里，传统诗格律规定的节奏是固定不变的，而自由诗的节奏是不定可变的。威廉斯尽管后来也明确反对自由诗体（至少是这种叫法），说"自由诗体"这个名称本身就是个矛盾，诗体意味着有格律，没有格律就不叫诗体，格律是不自由的，如果是自由的就不叫诗体，所以这个名称是不成立的，但是，他的多数作品都可以说是自由诗体的杰作。他后期发明的所谓"可变音尺"也不过是基于"艾米象主义"的进一步实验而已。一般认为，威廉斯只是早期的两本诗集受庞德影响，采用了意象主义的一些技巧，不久后他就找到了自己的发展方向，成为个人主义者。实际上，在某种意义上，威廉斯毕生都没有完全离弃意象主义，而是沿着意象主义的方向发展到了极致，尽管最终已不再叫作意象主义。换句话说，其他的意象主义者纷纷夭折或中途改弦易辙，唯有威廉斯把意象主义进行到底了；他的许多作品，包括一些晚期作品，都可以说是意象主义的典范之作。

1913年，经庞德介绍，威廉斯的第二本诗集《脾气》在伦敦出版，共32页，录诗18首及翻译诗一组。其中6首在前一年发表于伦敦的《诗歌评论》第一卷第十期上，是威廉斯初次在杂志上正式发表的作品。这本诗集则是他的"第一本商业出版物"，但也破费了他50美元。庞德撰文推介，称赏有加："威廉斯先生避免了许多时下美国的邪恶，所以我尊敬他。他不曾把他的灵魂出卖给编辑们。他不曾遵守他们假模假式的规矩。……我至少找到了一个跟他说话不用翻辞书的同胞，同我一样经过了琢磨的人，明显与我有着共同目标的人。"但私下里，他一如既往地不大瞧得上威廉斯的作品，说他"半不清楚""最他妈的不清楚"。威廉斯似乎有些勉强地承认："这一时期的诗短小、抒情，多少是受了与庞德相识的影响，但更多是受帕尔格雷夫的《英诗金库》的影响。"可见这本诗集基本上延续了上一本诗集模仿英国传统诗歌的风格，但在庞德的影响下，已开始掺有一些个性元素了。"我正在发芽，对自己的力量没有真正的信心，但我想作自己的诗，而它开始来了。"威廉斯开始意识到诗思与语言以及形式的扞格："我的意思很明确，但那不是我所说的，甚至不是我所想的语言。但那是我当时认为诗应当是的样子。我很快发现那不是我想要的，但当时我只能做到那样。……开始时我不得不押韵，因为济慈是我的师父，但从最初起我就惯于独立自主地押韵。我发现押韵时我无法畅所欲言。韵脚成了绊脚石。读了惠特曼，我认定押韵属于另一个时代，它并不要紧，根本不重要。"多年后，他写到惠特曼"总是说他的诗，虽已打破了英语诗律中抑扬格五音尺式的统治，但才刚刚开始他的主题。我同意。要用新的方言，通过在音节上进行新建设来把它继续下去，就要看我们的了"。这不免令人想到庞德1913年写给惠特曼的诗句："是你劈开了新木头，/现在是雕刻的时候了。"这时，威廉斯所能做的除了像惠特曼那样放弃押韵，称得上有创意的也只是在书写或排印形式上搞的小小破坏："我开始在诗行开头用小写字母。我认为每行开头用大写字母是装腔作势。这两种决定，不押韵和每行用小写字母开头，很早就做出了，并持续了一生。"此外，由于"不很在行"，他有时还省略标点符号。他这种微小但并非不足道的反传统、求个性的尝试遭到了以《诗刊》主编哈丽叶·门罗为代表的当时美国诗坛习惯保守势力的强烈反对。为了发表作品，威廉斯有时也不得不妥协，被迫"遵守他们假模假式的规矩"。他后来感叹道："仅仅为了在每行开头去除大写字母，我们就打了多少仗啊！"

"《脾气》中的某些诗，或者也许只是某些行，显示我正在开始背离浪漫主义风格。也许是因为我学医，也许是因为我强烈的美国主义情感，不管怎样，我知道我在我的诗里想要现实，我开始尝试让它说话。"威廉斯最让庞德瞧不起的就是他的土气和无学，这也注定了他要与庞德走不同的道路，发展自己的特点。"我逐渐从本地观点来看诗歌，我得自己去发现，高中文学课之外我没有得到过任何指导。我倾向于写诗时，非常确定，是个美国孩子，自信而又独立。从一开始我就觉得我不是英国人。如果得写诗，我就得用自己的方式写。"如果说前一本《诗作》是旧体诗集的话，这一本《脾气》就是威廉斯的"尝试集"。他想要的不是无法无天的自由,而是适合自己个性的新秩序。"如我说过的,这是个寻找我自己的诗的时期。我想要秩序,那是我欣赏的。诗体的有序性对我有吸引力——犹如对任何人都一定会有——但我更想要一种新秩序。我肯定被旧秩序所排斥,那对我来说,等于限制。"

下一本诗集《给想要它的人》于1917年在波士顿出版,共87页,录诗52首,又让他破费了50美元。护封上印有一段挑战性的话,声称其中诗作"野兽般有力,充满轻蔑而粗鲁",并且预言:"未来的诗人将会在其中挖掘,寻找材料,犹如今天的诗人在惠特曼的《草叶集》中挖掘一样。"听起来似乎更放得开了,但实际上多少仍是前一本诗集风格的延续,只不过"我当时受意象主义技巧影响太大。……读者必须从形象的生动中推断出意义来"。不加评论意见,只直接呈现物象,是典型的意象主义做法,也是"遵循庞德的教导"的结果。当然,在形式上,自由诗尚无法可依,主要还是靠自己探索。"这些诗大都短小,用像口头所说的谈话的语言写成,但我想是有节奏的。诗节短;我在寻找某种安排诗行的形式,也许是一种诗节。我总是有话要说,所说的话的意思对我来说至为重要,但我知道诗作必须有形状。从这时起,你可以看到为获取形式而又不损害语言的艰苦努力。在主题上,《给想要它的人》中的诗作反映着我身边的事物。我在探索生活。"现实、本地、生活等这几个有着逻辑关系的关键词从此决定了威廉斯诗创作的走向。

四、艾略特:头号敌人

《给想要它的人》并没有给威廉斯的学艺阶段画上句号。紧接着，他开始了更大胆的实验："我决定每天写些什么，不落一天，写一年。我毫无计划，只是拿起铅笔，把纸放在面前，写下头脑中想到的任何东西。"这类似神秘主义者玩的"自动书写"（我国名为扶乩），其结果是一本题为《科拉在地府：即兴之作》的散文诗集，"一年中像日记一样记下的关于我的生活的思想"，以及后来添加的诠释文字。这是一本威廉斯最得意的"独特的书，不像我写过的任何别的"。不过，它往往被编辑者归为散文一类，或无法归类的写作。科拉是古希腊神话中冥后珀耳塞福涅的别名，她春天升至地上，秋后降至地下。威廉斯用科拉在阴间地府来象征第一次世界大战期间人类和自我俱遭"屠戮"的现实和心境。1918年9月全书完成后，他又着手写了一篇"其实是尾声的序曲"，在其中他坦率交代别的诗人对自己的影响以及自己的强烈反应和透彻思考，表现出近乎顽固的自信和主见："我他妈的想写什么就写什么，他妈的想什么时候写就什么时候写，他妈的想怎么写就怎么写……"然而——

当我的"序曲"写到一半时，"普鲁弗洛克"问世了。我有一种强烈的感觉：艾略特背叛了我所信仰的东西。他是在向后看，我是在向前看。他是个因循者，具有我所不具备的才气、学问。他懂法语、拉丁语、阿拉伯语，天知道还有什么。我对那感兴趣。但我觉得他排斥了美国，而我拒绝被排斥，所以我的反应很强烈。我意识到我必须承担的责任。我知道他将会影响所有后来的美国诗人，把他们带出我的地盘。我已经预见到了一种新的诗歌构造形式，一种面向未来的形式。他取得了那么巨大的成功，令我震惊；我的同代人都朝他蜂拥而去——离开了我想要的东西。这迫使我要成功。

托·斯·艾略特的第一本诗集《普鲁弗洛克及其他观察》（1917）一鸣惊人，其意象和情调之异常让当时仍以模仿浪漫主义风格的乔治王朝诗歌为主流的英国诗坛大为骇怪。其中标题诗《J. 阿尔弗雷德·普鲁弗洛克的情歌》被某评论家认为是"唯一值得考虑的美国诗"，所塑造的主人公形象则被视为美国"那现代国度的灵魂"或"新世界典型"。威廉斯却颇不以为然，指出艾略特的诗既不新，又不美国，只不过是法语诗人魏尔伦、波德莱尔、梅特林克等作品的"翻版、重复"，就像庞德对叶芝的"改写"和对古今法语诗的"剽窃"一样，"全是古董"。更令威廉斯恼火的是，庞德居然对那位英国评论家十分推崇，这不就等于对艾略特的间接支持嘛。他于是迁怒于庞德，骂他是"还不够一半的傻瓜""美国诗歌所拥有的最好的敌人"。此时他还不会想到，这两大劲敌还有更厉害的手段尚未使出呢。而这次讥评也仅仅是他对艾略特长达40多年的口诛笔伐的开始。

1914年前后，通过庞德的介绍，威廉斯开始在距拉瑟福德只有八英里远的纽约市区及周边结识其他美国本地诗人和艺术家，其中包括沃尔特·阿伦斯伯格和阿尔弗雷德·克兰伯格，以及华莱士·史蒂文斯、玛丽安·莫尔等。与威廉斯一样，他们大多是自学成才的年轻业余作者。他们自办小杂志《其他》，发表自由体新诗，发起了一场文学运动。一时间，他们的小杂志引起了许多大杂志的好评，被称赞为："新黎明的太阳……美国终于找到了一种民主的表达方式！那就是自由诗！"然而，一两年之后，由于种种原因，运动就寿终正寝了。多年之后，威廉斯写道：

> 我们在寻找什么？没有人足够一以贯之地知道如何酝酿一场"运动"。我们躁动不安，与画家们联系紧密。印象主

义、达达主义、超现实主义等，既适用于绘画又适用于诗歌。仅仅为了在每行开头去除大写字母，我们就打了多少仗啊！确实，印象主义的直接意象令我们所有人着迷。我们曾遵循庞德的教导，他那些著名的"不要"，避免使用倒装句，放下对于我们的感觉是多余的、因此是不适用的、仅仅用来填充一种标准形式的东西。文学典故，除非形式非常弱化，都不为我们所知。很少人具备必要的阅读。

我们被学者和以学问为标准的人所鄙视。在我看来，最能说明问题的东西不是如某些人所认为的意象主义，而是诗行：诗作的行句以及我们力图使之从陈腐老套中还原的希望。我说还原的意思是，以化学方式从溶液中还原一种盐。在大多数读书人看来，我们是破坏者、粗俗者、蒙昧者；尽管偶尔有一行妙句，一个不同寻常的指称，或一个明喻的扭曲，迫使它近似经验而非阅读——让整个最直接的"素材"呈现——得到敏感者的反应。

犹如1910年11月至1911年1月的伦敦第一次后印象主义画展对保守落后的英国的影响，1913年2月至3月的纽约军械库画展给威廉斯称之为"艺术沙漠"的更保守落后的美国送来了发源于欧洲大陆的现代主义先锋艺术，令美国人眼界大开。为躲避一战纷纷渡洋而来的法国和英国艺术家更是让纽约的同行们得以直接接触，耳濡目染。视觉艺术最为直观，在形式和媒介材料上的变化最易引人注意，故艺术界的技术革命最先发轫于绘画。威廉斯毕生都未完全放弃绘画，绘画对他的写作影响十分明显。他时常去看画展，从中时有所悟。他似已近乎领悟到艺术的本质不在于未成形的主观情感和思想，而在于可成形的客观媒介材料和形式,在诗歌里就是语言和体式。"其他"同行们虽各有各的想法,但在某些方面却也所见略同。威廉斯自觉想要找到自己的说话方式和节奏:"我无法像学院派那样说话。必须经过我周围的谈话修正。如玛丽安·莫尔所说,一种狗儿猫儿都能懂的语言。所以我认为她基本上与我观念一致。不是英国人说的话,那会有些人为做作的味道;不是那个,而是经我们的环境修正过的语言;美国的环境。"而他像其他人一样,试图从视觉方面找寻突破口:"无论是军械库画展起了作用,还是那也不过是一个方面——诗行,意象躺在纸面上的样子是我们所直接关注的。"至于具体的"新的诗歌构造形式",他的"预见"似乎还没有完全清晰。

1920年,由于痛感"我们的诗作经常地、不断地被所有付稿费的杂志愚蠢地拒绝",威廉斯与友人罗伯特·麦卡尔蒙合伙创办了另一份小杂志《接触》。他写了一篇宣言式的文字,阐明自己的办刊方针和艺术宗旨,声称无稿费可付,不接受可卖给别的杂志的作品,除非作者认为在此发表优于其他一切。他强调艺术家的"直接接触",即时间上的现在性和空间上的本地性;只有在本地,亦即美国,有所成就,才可能与国外最优秀的作品相比较;一方面应对"进口思想"或艺术不卑不亢,另一方面也要承认进口的优秀作品的影响;艺术家会大大受益于"美国经验",只有与本地接触,才能产生有现实感的重要作品云云。翌年,为了回应种种批评,他又撰文为这"第一份真正有代表性的美国艺术杂志"辩护:"我们,《接触》,旨在强调写作游戏的本地性。我们意识到只有强调才是我们的事儿。我们想在合众国全力建设艺术感受、创造和表现的新活力。只有通过慢慢生长,有意识地培养到热情沸点,具有玛丽安·莫尔最佳诗歌品质的美国作品才会引起知识界的注意,使美国成为艺术沙漠的无知才会有所消减。我们缺乏国内的思想交流，甚于缺乏外国的规范。我们觉得，首先应尽一切努力在我们的严肃作者中间发展一种相互接触感。我们也致力于此。"当时的美国刚刚从第一次世界大战中发了财，俨然是个暴发户，但在艺术和文学方面依旧崇洋媚外，以欧洲为尚。威廉斯强调艺术的本地性，属于被忽视的极少数先觉者和反叛者："我无法按传统方式写……我不被杂志接受是因为我反叛英国传统。"

威廉斯个人在这一年则收获了一堆《酸葡萄》。这是一本78页、录诗53首的诗集，其中不乏后来经常入选各种诗选集的名篇，如《野胡萝卜花》《寡妇的春愁》《大数字》等，显示他的诗艺正走向成熟。写法仍延续即兴写作的方式，仍追求意象的画面感，但似乎被史蒂文斯后来称为"反诗的"元素渐多了。"这确定是一本情绪诗集，全都是即兴之作。当情绪抓住我时，我就写作。无论那是一棵树、一个女人还是一只鸟，情绪都得被翻译成形式。让诗行落在纸上。把它弄得好听。把词语安排得既妥帖又准确道出我想说的话。这就是我为之努力奋斗的东西。那时候，在我看来，一首诗就是一个意象，画面是重要的东西。就我所能，以我所拥有的素材而言，我是抒情的，但我决心用我熟知的素材，而其中许多并不适用于抒情。"作为一个"乡下郎中"，他接触最多的是周围的乡镇居民。他们的生活是接近本质的，有时候一个村妇的直接接触会让不谙世事的他颇受惊吓。"我在发现世界方面非常迟缓。这本诗集都是关于这种事情的。……真实的情况是我对生活一无所知。我是完全无知的。……我总是意识到迟了。但我在此刻正迅速赶上生活。"开卷第一首诗《迟唱的歌者》显然是诗人的自况："这里又是春天了/而我还是个年轻人！/我唱歌唱得迟了。"至于诗集的标题，他解释说："人人都知道酸葡萄的意思，但它对我有个特别的意思。我一向认为，除了在他自己的头脑中，诗人不是成功之人。他的头脑专注于与世人所认为的成功大相径庭的东西。诗人把灵魂放进作品之中，如果写了一首好诗，他就是成功的。我在决定用这个标题时耍了个把戏，冲着世俗之人扮起了鬼脸。所有的诗都是关于失望、烦恼的诗。我觉得被世俗之人所排斥。但是内心里我有自己的想法。酸葡萄就像任何别的葡萄一样美。形状，圆的，完满，美丽。我知道——我的酸葡萄——就像任何葡萄一样是美的典型，无论是甜还是酸。"

1922年11月，更大的灾难降临了。近30年后，威廉斯仍不无痛惜地在《自传》中写道："这些就是我们的文学遭遇巨大灾难——托·斯·艾略特的《荒原》的出现——之前的岁月。我们怀着热情，一个内核和一股驱动，正艰难前行，旨在在本地环境中，重新发现一种初始动力，一切艺术的基本原则。我们的工作在艾略特的天才的轰炸之下一时间踉跄止步。他把诗歌交还给了高校教师。我们不知道该如何回应他。"在同一本书里，近30页后，他又发表了以下常被引用的著名陈述和论断：

>然后，晴天霹雳般，《日晷》推出了《荒原》，我们的欢笑都结束了。犹如一颗原子弹掉落下来，它毁灭了我们的世界，我们向未知领域的英勇进攻都化成了灰烬。
>
>尤其对我，它就像一颗嘲讽的子弹打来。我立刻觉得它使我倒退了20年，我确信事实如此。关键是，就在我觉得我们正要逃向与一种新艺术形式——植根于将会赋予它成果的本地性之中——的本质更加接近的境地，这时，艾略特把我们送回了课堂。我立刻就知道，在某些方面，我是失败得最惨的。
>
>艾略特拒不理会复兴我的世界的可能性。身为有成就的

匠人，在某些方面技巧娴熟，令我望尘莫及，我只好眼睁睁看着他，那傻瓜，把我的世界带走，给敌人。

……直到现在，如我所预言的，我们才开始再度抓住，重新开始重造诗行。这不是说，艾略特没有，间接地，对格律建设的下一步的出现做出多少贡献，而是用西部的方言说，假如他不从此处的直接进攻掉头而去，我们也许会前进得快得多。

《荒原》比"普鲁弗洛克"取得了更大的成功，从此奠定了艾略特作为英美现代主义诗歌领军人物的地位。这也应部分归功于被艾略特尊称为"更好的匠师"的庞德，是他把前者的一组不成形的杂乱诗作编辑连缀成一首杰构的。然而，在威廉斯眼中，这两个敌人一如既往，非但没有像庞德标榜的那样"日日新"，反而变本加厉地更老旧了。他早在1918年对他们所做的激进批判颇有预见性："除了新的什么都不好。如果一个东西有新意，它自然在其他优秀艺术作品旁边站得住。如果它没有，美丽可爱或英雄的成分或庄严的气派都拯救不了它，尤其不会被一种弱化的智性所拯救。"《荒原》模仿乔伊斯的小说《尤利西斯》，把现代生活装入古代神话传说结构，当然不能算"有新意"。其中内容也多来自书本文献而非生活经验，充斥着大量引文和典故，如威廉斯所说，有"7种语言的35条引文"，后来添加的作者自注约有50条之多，这无疑是在卖弄学问，是"一种弱化的智性"。这些当然都是"向后看"的结果。艾略特主张诗人要有"历史感"，要利用"自荷马以来欧洲的全部文学"，后来干脆自称是"文学上的古典主义者"。在威廉斯看来，这意味着向"旧世界"欧洲的归顺和对"新世界"美国的背叛。更可怕的是，他带领大批的追随者，把诗歌送回了大学课堂，从此学院派的"现代传统主义"成了美国诗歌主流。如此一来，刚刚引起一点点注意的"威廉斯们"就又陷入几乎完全无人理睬的境地了。另外，在形式方面，《荒原》也不全是自由体，而是羼杂有各种传统音尺式和体式的杂烩。而这似乎是威廉斯最为介意的，因为这是对他正在探索实验的入手处的否定。"艾略特试图找到一种记录口语的方式，但他没找到。他想要整齐，要忠实于美国习语，但他没找到可行的办法。"威廉斯去世前一年仍坚持认为，艾略特最终向英国人"低头"了。当被问及他是否仍然觉得艾略特所受的英国影响使美国诗歌"倒退了 20 年"时，他肯定地回答："确确实实。他是个因循者。他想回到抑扬格五音尺式；他的确回去了，很好；但他不承认。"实际上，将近 30 年之后，威廉斯才又走出了"格律建设的下一步"。

然而，艾略特与威廉斯之间也并非完全没有一致之处。例如艾略特也同样对"自由诗"这一叫法持否定态度，只不过他不像威廉斯那样决绝地排斥传统诗罢了。诚如 M. L. 罗森特尔所说，有些崇拜威廉斯的年轻诗人"从未看到他所谓的美与他的头号'敌人'艾略特所谓的美有许多共同点，尽管他们多有不同"。的确，他们笔下都有许多"反诗的"现代意象，在一般时人眼里恐怕都是不堪入诗的，也就是不美的吧。但据威廉斯说，他们的本质不同还在于"我们在打破规则，而他在因循课堂英语的优雅。他在写像《夜莺颂》一样优美的诗，行之有效，但我们在从粪堆上写诗——是垃圾桶派。那是我们的思想——那不是艾略特的——结构中的一个根本不同点"。归根到底，还是价值观不同，"也许还应当补充说，我对托·斯·艾略特及其所做所说的一切的鄙视和不信任来自我所怀有的这样一种感觉，即他以及像他那样的其他人所支持的英国性格的那一部分，除非被一阵经济的因而是精神的飓风所净化，会摧毁我所深爱的、在某一方面与他们所爱的非常不同的东西"。

五、客体主义与反诗之辩

《荒原》的问世标志着英美诗歌进入了现代主义高潮阶段。然而，对于现代主义运动的发生和本质，当局者之中似乎没有人比威廉斯认识得更清楚了。弗吉尼亚·伍尔夫在1924年5月的一次演讲中说："1910年12月或前后，人的性格变了。"她选择友人罗杰·弗莱和姐夫克里夫·贝尔在伦敦联合主办的后印象主义画展的日期作为传统的写实主义与现代主义文学（主要指小说）之间的分水岭，颇有见地，但她把变化的主要原因归诸人的关系的变化——"人的关系变了，同时宗教、行为、政治、文学也有所变化"——则是倾向于向外看的。威廉斯的创作活动恰好跨越这个日期，此前属于模仿英国传统风格阶段，此后则渐渐走向现代化了。他同样意识到现代主义文学的发生与视觉艺术的影响有直接关系，但他在《自传》中的回顾显示他是向文学艺术的内部看的。他记述了一个对人反复讲过多遍的故事。他有位朋友在画廊工作，一天，老板外出，由那位朋友看店。进来一位女士，一位老主顾，非常喜欢一幅画，看了又看，似乎有意购买，最后指着画面左下角问：那是什么？那位满不懂的朋友走近去端详了良久，三思而后答道：太太，那是颜料。这真是一语惊醒梦中人啊，又像安徒生童话《皇帝的新衣》里的小男孩的一声喊，打破了写实主义传统艺术长期以来造成的审美习惯或心理预期。威廉斯接着写道：

这个故事标志着那时世界上所发生转变的确切之点。那是从把艺术作品当作对自然的复制来欣赏到把它视为对自然的模仿的转变，后者是亚里士多德在其一直主宰着我们思想观念的《诗学》中所论。不能迈出这一步依然阻碍着我们寻获对艺术中现代性的充分理解。

在绘画中，塞尚是第一个自觉迈出那一步的。从他开始向前进，往往只不过借助那推动力，冲过堤坝已裂开的缺口。……

好像几乎没有人意识到这场运动是直接源自被误解了两千多年的《诗学》。其目的不是复制自然而且从不曾是，而是模仿自然，这涉及由弗吉尼亚·伍尔夫这样一个人所唤起的想象力的主动发明、主动作用。一个人制作一幅画，那是用颜料在绷在画框上的画布上制作的。

最后这句话不禁令人想到法国画家莫里斯·德尼早在1890年提出的理论："记住，一幅画，在是一匹战马、一个裸女，或一则什么奇闻逸事之前，本质上是一个以某种秩序汇集在一起的色彩覆盖的平面。"威廉斯懂法语，也许读到过德尼的这段话，但也可能是英雄所见略同。这种直达艺术作品媒介材料的认识为后来客体主义理论的提出奠定了基础。而与格特鲁德·斯坦因的交往帮助威廉斯的认识完成了从绘画到文字的过渡。在几乎人人都不接受斯坦因的实验散文的时候，唯有威廉斯慧眼独具，意识到"格特鲁德·斯坦因以她那词语的客观用法的概念找到了窍门"。她专注于词语本身，犹如后印象主义画家专注于色彩，"词语的组合不决定逻辑，不决定'故事'，甚至不决定主题，而只决定运动本身"。后来的"语言诗"盖可溯源至此。

更重要的还在于，艺术家（包括诗人）表现什么和如何表现。

对亚里士多德的"模仿说"的重新诠释是现代主义与传统文学艺术的根本区别所在。模仿不再意味着复制,而是意味着创造;人模仿的不再是神的创造物,而是创造机制,或者说不是外在的自然,而是内心的自然。因此,评价艺术的标准不再是与外在自然的相似程度,而是媒介材料本身组织的和谐程度。这实际上与19世纪初叶浪漫主义诗人对想象的理解是一脉相承的,只不过加上了对表现形式的注重,使主观与客观的结合更趋有机化罢了。威廉斯否定的矛头所向主要是"19世纪末叶的陈腐概念":

> 尤其是,我们西方人自己的思想中有莎士比亚的"对着自然举起镜子"——含苞待放的艺术家所曾注目的最邪恶的一个坏指教。这令人费解、欠考虑、错误。艺术家创造作品不是对着自然举起镜子,而是从想象中制造出某种东西,那根本不是自然的复制品,而是十分不同的,一种超乎自然的东西。
>
> 模仿自然涉及动词"做"。复制则仅仅是反映已经存在的某物,惰性地:莎士比亚的镜子即其所需的一切。可是,通过模仿,我们增大了自然本身,我们变成了自然或我们在自身中发现了自然的主动部分。这对我们的心智极具吸引力,扩大了艺术的概念,把艺术推崇到了一个尚未完全实现的地位。

类似的思想早在1923年罗伯特·麦卡尔蒙的接触出版公司在法国第戎为威廉斯出版的《春天及一切》中就有所表述。这是一本极具实验性的诗文合集,93页,由27首无题诗与若干段顺序错乱的散文混编而成。基本上,散文是有关诗学的思考和种种牢骚,其中有这样的段落："塞尚——/艺术中唯一的现实主义是关乎想象的。唯有如此，作品才逃脱对自然的剽窃而变成创造/发明新形式以体现这艺术的现实——是艺术的唯一东西——必定占据着所有有关的严肃头脑。"诗作则是为说明主张而举例的样板。其中不乏威廉斯最负盛名的代表作，如《春天及一切》《给埃尔西》《红独轮车》等。《红独轮车》是各种现代诗选集只要选有威廉斯就必选的作品，像庞德的《在地铁车站》（1913）一样，可以说是一首典型的意象主义诗作。主语省略，迫使读者把注意力集中在作为宾语的客体物象上。每节两行，一长一短，在节奏上形成相当整齐的格式，其排印形式在视觉上则给人以手推独轮车的形象联想。由于这些形式上的讲究，估计威廉斯不会承认这是一首自由诗吧。但我们可以说这是一首非预设体诗，其形式是为内容量身定制的，而且是一次性使用的。这反映了威廉斯已经开始自觉探求秩序的实验了。另一首《什么都没有做》可以说是一首半似格特鲁德·斯坦因式语言游戏的"语言诗"。"什么都没有做"这句话突然被抽空了语义内涵，被说成是由一些语音和语法成分构成的句子，于是读者得意忘言的心理预期被打破，而被迫注意到语言本身。可惜由于中英文语序的差异，此诗妙处无法译出。

《春天及一切》可以说是《科拉在地府：即兴之作》的姊妹篇，因为春天是科拉重返人间、万物复苏之时，这个书名同样富有象征意味，而且同样与欧洲传统有关。威廉斯在晚年谈起这本风格独特的诗文集时是这样说的："没人见过它——它根本没发行——但我写得很好玩儿。它由诗文混编而成，与《科拉在地府：即兴之作》想法一样。写它的时候正值全世界都痴迷于排印形式，实际上是对这种想法的恶搞。章节标题被故意印得上下颠倒，章节编号全都乱了套，时而用罗马数字，时而用阿拉伯数字，随手就来。散文是哲学与胡说八道的混合。对我来说意思清楚，至少对于我混乱的头脑来说——因为当时它的确混乱——但我怀疑对别人是否也意思清楚。但诗作保持纯净——出现时没有排印的把戏——与散文界限分明。它们编号一致；都没有标题，尽管后来在《诗合集》中重印时有了标题。"他承认当时是受了法国达达主义的影响："我没有发明达达主义，但我灵魂中有它，可以写出来。《春天及一切》就显示了这点。巴黎影响了我，这部作品中有一股法国味儿。"不过，这与他一贯坚持的"本地性"原则并无龃龉。在1921年《接触》第四期的"重要声明样稿"中，他首先写道："《接触》从未有丝毫暗示，说美国艺术家在经营自己的位置时'应当忘记欧洲的一切'。相反，一贯强调的是，他应当熟悉能够从欧洲资源获得的与他的愿望有关的一切。"继而举例说明，学画须去巴黎，但那里的绘画是法国的，也就是说，是外国的、特别的，是"一种本地性的产物"，所以，学成归来后，应当"像法国人教的那样崇拜本地性之神"。这意味着，应模仿法国艺术之所以成功的机制，而不应简单复制法国作品；技巧可以是法国舶来的，但经验必须是美国本地的。这与庞德和艾略特的"欧洲霸权主义"自有本质的不同。

如前面提到过的，威廉斯不仅主张空间上的本地性，也同样重视时间上的现在性，强调时空上的"直接接触"。这种被J. 希利斯·米勒称为"直接性诗歌美学"的理论是威廉斯诗学的一大特点。他在《春天及一切》中写道："读者知道自己20年前的样子，他头脑中也有一幅有朝一日他会变成什么样的图景。啊，有朝一日！可是他从不知道而且从来不敢知道的事，是他此时此刻的样子。而此时此刻才是我唯一感兴趣的事情。故此，谁在乎我做的一切？我又在乎什么？"这种注重当下的态度是典型的美国作风，这不仅关乎创作题材的选择，而且关乎题材的处理方式。他在《科拉在地府·序曲》中谈到他母亲的一种品质或能力："没有前思或后想，而是以强烈的感受看事物本身。"这种画家的眼睛或照相机镜头般的纯粹直观在他的许多作品中都有明显的体现。

经庞德介绍，1928年3月，威廉斯结识了年轻诗人路易斯·祖可夫斯基，对他十分赏识；通过后者，又结识了巴兹尔·邦廷、查尔斯·雷斯尼可夫、乔治·奥本、卡尔·拉考西。他们在一起谈诗论艺，意气相投，觉得又该发起一次文字革命了。1931年2月，在庞德的建议下，《诗刊》发表了由祖可夫斯基编选的特辑"'客体主义者'1931"，其中包括上述几人以及其他一些后来不大有联系的诗人的作品。他们被视为英美诗界继意象主义者之后的第二代现代主义者，成员主要是美国人，奉第一代的威廉斯和庞德为导师。"客体主义"这个名词类似意象主义，也可能是由于哈丽叶·门罗坚持要有个群体名称而临时杜撰的。客体主义被认为是意象主义的延伸，但更复杂，因为在视觉和听觉的世界中加入了情感和思想。祖可夫斯基视威廉斯为客体主义大师，认为他早已超越了意象主义美学，而且学会了运用排印形式指导听觉和视觉，是个不亚于庞德的善用基本节奏的诗人。翌年出版的《客体主义诗选》除包括以上诸人所作外，还收入了艾略特的作品。这是由于祖可夫斯基坚持形式重于内容而存异求同的结果。祖可夫斯基还写有其他文章阐述客体主义诗学。据说，他从威廉斯那里学会了细致观察日常事物的优点，威廉斯则从他那里学会了如何把自己的往往松散不成形的诗句凿出更锐利的节拍。威廉斯的不少作品都经过祖可夫斯基大刀阔斧的修改。威廉斯在《自传》中回忆客体主义运动的肇始和理论时，先是提及了祖可夫斯基和邦廷，然后如是表述：

与查尔斯·雷斯尼可夫，一位纽约律师兼著名作家，以及乔治·奥本一道，在布鲁克林区哥伦比亚高地一所公寓套房里，我们首先始创了客体主义诗歌理论，然后创办了客体主义出版社。出版了三四种书，包括我自己的《诗合集》。然后就关张了。

客体主义理论如是：我们有过"意象主义"（庞德称之为"艾米象主义"），那很快就枯竭了。那虽然曾有利于清除场地内的冗词，但其中却不含形式的必要条件。它已经流为所谓的"自由诗体"，那，如我们所见，是个错误的命名。根本就没有自由诗体这种东西！诗体即某种节拍。"自由诗体"是没有节拍而且不需要节拍给其所构造的客体的。如此一来，诗就堕落了，形式上不存在了。

可是，我们辩论说，诗，像诸多别的艺术形式一样，是一个客体，一个通过它所采取的形式在自身中以形式呈现其格式和意义的客体。因此，作为一个客体，它应当被如此对待和控制——但不像过去那样。因为过去的客体周围有过去的必要条件——如十四行诗——限制了它们，而它们本身作为一种形式，也无法摆脱那些条件。

诗作为一个客体（就像一首交响乐曲或立体主义绘画），诗人的目的就必须是用他的词语造就一种新形式，即发明一个与他的时代合拍的客体。这就是我们希望借客体主义暗示的意思，在某种意义上，是给随意呈现在松散诗句中的光秃意象开的一剂解药。

……我坚信是格特鲁德·斯坦因，由于她在形式方面坚持词语具有成其为词语的字面、结构等性质，强有力地影响了我们。

其实，早在《春天及一切》中的一段散文中，威廉斯就把诗作描述成一种独立存在物了："想象不是回避现实，也不是对客体或情况的描述或召唤，它是说，诗歌不擅自篡改世界，而是要撼动世界——它最有力地肯定现实，因此，既然现实无需个人支持，不受人类行为干涉而存在，如科学所证明，物质和力都不可消灭，那它就创造一个新客体，一个戏剧，一个舞蹈，那不是朝着自然举起的镜子，而是——"可见，客体主义理论是以威廉斯的思想为基础的，在将近十年前就已初露端倪了。他在《帕特森》（1926）一诗中提出的口号"事物之外别无想法"可以说是客体主义诗学的最凝练表述，也成了他常被引用的名言。如此表述看似并未跳出意象主义的范围，因为其第一条法则："直接处理'物'，无论是主观的还是客观的。"然而，从威廉斯的用词还是可以觉出他是有所偏重的。在《意象主义者的几不要》中，庞德开门见山下定义说："'意象'即呈现刹那间情思混合体之物。"稍后举例说："当莎士比亚说'身穿棕红色斗篷的黎明'时，他呈现了画家无法呈现的东西。他这行诗里没有可称为描述的东西，他呈现。"莎士比亚这句诗其实是个广义的比喻，准确地说，是个暗喻类的拟人化修辞手法。按照庞德的逻辑推断：描述不算呈现，比喻，或更准确地说，暗喻才是呈现。也就是说，只有暗喻才成其为意象。象必有意，即不否认象外或形而上之联想，即象的比喻和象征意义。在威廉斯这里，物外无意，竟不承认象外或形而上之寓意，物即自足之终极，不必有比喻和象征意义。物比象更实在，更客观；物是第一位的，象是第二位的。如果说，庞德强调的是呈现"画家无法呈现的东西"，那么，威廉斯则似乎力图像画家那样，只呈现画家可以呈现的东西。

1934年客体主义出版社出版的第一本书是威廉斯的《1921—

1931年诗合集》（简称《诗合集》），由华莱士·史蒂文斯作序。史蒂文斯开门见山地说，首先，威廉斯"是个浪漫主义诗人"，"有滥情的一面"，然后话锋一转，指出："他对反诗的［东西］的热情是一种赤血热情，而不是一种墨水瓶热情。反诗的［东西］是对他的精神的治疗。他需要它就像裸体的人需要遮蔽或动物需要盐。对于一个有滥情一面的人，反诗的［东西］是那真实，是我们所有人永远逃往的那个现实。……要使真实的东西有结果，必须有非真实的东西；要使反诗的东西有结果，必须有滥情的东西。作为诗人，威廉斯天生是一个比一般意义更真实的现实主义者。……基本的诗是非真实与真实、滥情与反诗结合的结果，是两边的不断互动。这似乎界定了威廉斯及其诗。……如此被界定，威廉斯有点儿像那壮观的老石膏模塑，莱辛的拉奥孔：挣扎着要摆脱非真实之蛇的现实主义者。"史蒂文斯的措辞有些令人费解，"the anti-poetic"是形容词加定冠词作名词用，可泛指一切亦可特指某类事物，如题材、元素、性质、手法、意象等，仅从他的这些话来看，应指与非真实和滥情相对的真实和现实。早在18世纪末，威廉·华兹华斯与塞缪尔·泰勒·柯尔律治合作《抒情歌谣集》时就各自分别从真实和非真实出发，写出了浪漫主义的开山之作。只不过后人过分强调浪漫主义的非真实或想象的一面，以至形成滥情虚矫、以玄远古旧为美的风尚。其实，没有什么不可以入诗的。史蒂文斯把现实题材或元素称为"反诗的"，从而与所谓"诗的"形成对立，不能不说是一种传统的或过时的观念，虽然他对"反诗的"并非持否定态度。据肯尼斯·伯克所举诗例，"反诗"在某一方面似即指"发电厂的管线、线圈和闸门"之类的现代意象。这不过是威廉斯如实画物，有意无意间突破了传统审美习惯和选材范围而已。在写什么的问题上，他一向都不认为应该有什么禁忌或界限。他说:"你可以用任何东西写诗。你不必有传统的诗歌素材。任何被感受到,深切或够深切地感受到的,甚至只是有趣的东西,都是艺术的素材。……我们可以用任何东西,真的,任何东西。……只不过现在我们已经扩大了选择的场地而已。"难怪后来威廉斯如是说:"当华莱士·史蒂文斯同意写序时,我很高兴,但当读到他说我对反诗的东西感兴趣那部分时,我恼了。我从未有意识地想到这样一种东西。作为诗人,我运用一种手段取得一种效果。对我来说全都一样——反诗的并不是加强诗的东西——都是一体的。我不同意史蒂文斯说那是我在有意使用的一种手段。我从未信服过反诗的有什么效用,哪怕只是存在。"他当时还愤而作诗一首,嘲弄这种说法(见《存在物》一诗)。威廉斯晚年接受采访时,威廉斯太太朗读了史蒂文斯那段评论。在场的人都认为那是对他的高度赞扬,不明白为什么竟那么令他不快。他之所以耿耿于怀,也许是因为从一开始,他的诗就因非同俗流而不被人认可,早在十多年前就曾经有人批评,说他的诗不是诗而是"反诗",而史蒂文斯不过是无心触到了他的旧疮疤吧。

他们说这些话是什么意思?"我不喜欢你的诗,你没有任何信仰。你似乎既没有受过苦,事实上对任何事物又都没有很深的感受。你所说的话中没有什么吸引人的,相反,你的诗的确令人不快。它们冷酷无情;它们拿人性开玩笑。你到底是什么意思?你是异教徒吗?你不能容忍人类的脆弱吗?你也许可以把韵脚拿掉,可是节奏呢!为什么你的作品中压根儿就没有节奏呢?这就是你所谓的诗吗?这恰恰是诗的反面。这是反诗。这是对你所热衷的生活的糟蹋。……"

这是威廉斯在《春天及一切》中复述的他人对自己的苛评。此处所谓的"反诗"与史蒂文斯的意思虽有所不同，但用语近似，且口气极为严厉，是全然而断然否定的态度，难怪威廉斯再度听到这个词时会莫名其妙地反感。

客体主义诗人对诗歌语言和形式有着近乎痴迷的关注，他们富有实验性的创作和理论对后来的垮掉派、黑山派、纽约派以及语言派诗人都有直接影响。然而，已年过五旬的威廉斯依然只为少数同人朋友所赏识，而不被权威文学评论界和一般读者认可。1935年，诗集《早年殉道者及其他》出版。20多年后，诗人谈起它来仍语带哀怨："这些诗，没有一首，被人看见过；杂志不愿发表我（的作品）。"罗伯特·洛厄尔在1962年回忆自己刚上大学时，读到詹姆斯·劳克林的书评，称此诗集中的作品显示了威廉斯"50岁时的成熟风格!"，不禁感慨：成熟有望，但道远路长。1936年，被威廉斯称为"《早年殉道者及其他》的姊妹篇"的诗集《亚当、夏娃和城市》出版，只印了167册，其影响之有限可想而知。这两本诗集里的作品可以说是客体主义的，也就是意象主义的延伸，只不过形式更凝练更整饬了，态度更客观更无我了。例如，实际由庞德起草、弗林特略改并署名的《意象主义》一文描述了意象主义者诱使诗歌爱好者接受指导的方法之一："他们当面改写他的诗句，用大约10个词当他的50个。"这也是意象主义者们自己自觉采用的写作方法之一。众所周知，庞德对艾略特的长诗《荒原》所做的大刀阔斧的裁剪使之最终成形。庞德自己的《在地铁车站》一诗则是从30多行删减到两行的。威廉斯也常用这种"浓缩"的方法修改自己的诗作。更可贵的是，他有时会把原稿和修改稿一起保留下来，直接向读者展示改写的过程，例如《刺槐花开》（1933，1935）和《给一个墨西哥猪形扑满》（1934，1935）

等诗。修改稿的措辞最少删减到整首诗每行一个单词,可以说精简到了减无可减、几乎难以索解的地步了。这种极简主义诗风对当时及后来的美国诗歌颇有影响,时有仿作者。威廉斯在谈论《亚当、夏娃和城市》时说:"这一时期我正努力营造秩序,为诗节寻找一种形式,使之成为小单位,规则,有序。《用沥青和铜做的细活》真正道出了我与诗体的搏斗。"

六、重建秩序:可变音尺

1938年由新方向出版社出版的《威廉·卡洛斯·威廉斯诗全编1906—1938》(简称《诗全编》)厚达317页,是威廉斯到那时为止的诗创作的一次全面总结。他自陈,这本书"给了我一个机会,可以坐下来评估我的诗,以及我有关人生的所学。两种主导势力曾经统治、那时仍然统治着我:尽量学习一切有关诗歌的知识的需要,还有尽量学习一切有关生活的知识的需要,那不再是散文,也不再是诗歌"。他所谓生活,主要是指对女人的兴趣。他自称不是浪子,但总觉得女人是个谜,个个不同,禁不住好奇,要去研究和实验。他与不少女人发生过婚外性行为,晚年曾向妻子坦白,得到了原谅。他的许多诗作体现了他对女人的细致入微的观察,但往往只是着眼于外部细节,暗示微讽,很少运用想象或推理猜度女人的心思,强作解人。谈到诗艺,他是这样总结走过的道路的:

《诗全编》给了我全面的画面,我学习作诗技巧所经历的一切。我可以看着这些躺在我面前的诗作。我可以排斥自由诗体的松散了。自由诗体那时对我来说根本不是诗体。一切艺术都是有序的。但是早期诗作令我不安。它们太传统，太学院气。然而，有秩序性。我的模范，莎士比亚、弥尔顿等，生活在人们以有序的方式思想的时代。我觉得现代生活已经超越了那个；我们的诗作不能装在古典的严格秩序性之中。最大的问题是我不知道如何把一首诗切分成也许是我的抒情感想要的东西。自由诗体不是答案。从一开始我就知道美国语言必定会塑造模式；后来我弃掉了语言这个词而改用美国习语——这是个比语言更好的词，较少学院气，与口语更贴近。我在浏览这些诗作时，注意到许多短诗总是安排成双行或四行诗节。我还注意到，我特别痴迷另一种模式：三行一小节的划分。我记得起先写了几首诗，四行一节，然后在浓缩诗作的正常过程中，去除行中冗词——意图使诗作走得快些——四行变成了三行诗节，或者五行变成了四行诗节……

可见，形式是他始终最关注的问题。到这时，他近乎找到了某种秩序，归纳出了最爱用的诗节形式，即三行诗节。他似乎在暗示：一旦形式重复成了模式，就不再是或不能叫自由体了。

年轻的学院诗人兼评论家伊沃尔·温特斯，早先受意象主义影响，从20世纪20年代末起转向古典主义，曾对客体主义大加挞伐，后发表题为《感觉之诗》的书评，却给予威廉斯以相当客观中肯的评价。他也称威廉斯"在对生活和诗歌的看法上，是个毫不妥协的浪漫主义者"，相信"感情和本能"而"不信任一切观念"，"他的诗因此集中于具体事物"。他认为，威廉斯不大懂传统形式，因而视之为束缚，希望"主题创造它自己的形式"，但他又凭借"自己超常的听觉把自由诗体弄成了一种复杂的重音型音尺式"，并断言："他把自由诗体的节奏模式和自由体诗提升至它们所能达到的最高层次。在这些方面，没有别的使用自由诗体的诗人可与他相比。"在指出威廉斯"较狭隘"，不够"伟大"之余，温特斯也肯定其语言中"丰富的人情味"和"制作之美"，甚至预言："威廉斯将证明像赫里克一样近乎不可败坏；这个世纪末将看到他安全地成就，与史蒂文斯一道，成为他这一代之中最优秀的两位诗人。他目前的受困是由于评论界对自由诗体的欣赏尚未超越庞德和技术稍逊的艾略特的长而较明显的节奏，所以威廉斯的艺术技巧几乎不被大多数读者所注意。"最后，温特斯同样以毁誉参半的断语作结："他是个愚蠢无知的人，但有时是个精致的文体家。"温特斯的这些话颇有见地，尤其是在多数人都鄙视或忽视威廉斯的时候，就更显难得了。时间将证明，他的预言是对的。

下一本新诗集《楔子》于1944年由康明顿出版社出版，收录诗作50首，109页，限量380本，题"献给 L. Z.（路易斯·祖可夫斯基）"。威廉斯后来回忆说："我总是以此书为骄傲。那序言，以最坦率的散文写成，是对那时我的诗歌信条所作的一种解释——为尽可能久远的一切时代。一如往常，那是在一个充满信念和兴奋的时期写的。我自信有关于诗歌的话要说。"不像《接触》杂志的编者按，也不像主要由祖可夫斯基表述的客体主义理论，一向被目为拙于逻辑表达的威廉斯这次发表的是一份个人的诗学宣言。

> 让形而上者好自为之吧，艺术与它毫无关系。如果乐意的话，艺术在关注其他事物之余，也会与形而上者发生关系。就提出两点干巴巴的主张吧：（一）对于机器没有什么滥情可言；（二）一首诗是一台用词语做的小（或大）机器。我说一首诗没有什么滥情可言，意思是，一如在任何别的机器中，

不能有多余无用的零件。

散文可以像一艘船一样运载一堆说不清道不明的东西。但诗歌是一台驱动它的机器，修剪得臻至完美经济。犹如在所有的机器中，其运动是内质的、波浪式的，与其说是一种文学特性，不如说是一种物理特性。在诗作中，这种运动由于生成它的话语的特性而处处显著。

因此，每一种话语都有自己的特性，它所生成的诗有其内在的形式，也会特别适合那种话语。其效果是美，在一个客体里解决了我们复杂的得体感的东西。……

一个人作诗时，请注意，是作诗，他拿在周围发现的彼此关联的词语缀连——不加扭曲，那样会损害它们的确切含义——成一种他的感受和激情的强烈表达，以至于它们在他所用的话语中可能构成一种启示。作为一件艺术作品，重要的不是他说了什么，而是他作了什么，以强烈的感受，使之得以以自身内在运动活着，印证着其逼真性。……

杰出的诗歌无不在形式上有所创新，因为艺术作品正是在密切的形式中获得其确切含义——在这一点上，它们最像机器——从而赋予语言以最高尊荣，在其土生土长的环境中的光彩。只要艺术活着，还有口气在，这样的战争就持续不断。

这还是有点儿像意象主义种种宣言的行文风格，口吻是说明性或指导性的，不容置疑。强调表达的客观、经济、技巧，也不出意象主义的窠臼，唯有形式上的创新是威廉斯一贯坚持和追求的，属于客体主义的主张。后来，年轻诗人兰德尔·贾瑞尔在为威廉斯《诗选》（1949）所作序言中就引用这些话来解释诗是什么。有人认为,《楔子》"这本诗集是一次真正的转折,一个去往晚期诗歌成就的出发点",标志着"仪式性进入新世界",恐怕言之尚早。

威廉斯素有写作长诗的野心,但苦于找不到主题。他在1926年写过《帕特森》一诗,写一位名叫帕特森的哲学家。到了1941年,他把帕特森这个人名与新泽西州的同名小城(艾伦·金斯伯格的故乡)相认同,偶得"一个男人像一座城市"的主题。经过多年不断的实验,他才渐渐地把这个"形而上的观念"装入了艺术形式。那是一种既非完成的,又非无形式的形式,是杂糅并置各种形式的抒情诗和直接引用的各种散文材料(包括历史文献、私人书信、谈话记录,甚至购物清单等)的拼贴画式的多声部多视角混合体,可以说是《春天及一切》的达达主义,甚至是《科拉在地狱:即兴之作》的即兴写法的延续或发展。不同的是,前两者全是诗人自己的创作(类似的诗文交相并置的做法在各国文学中自古就有),《帕特森》则复制粘贴了大量出自他人之手的文本,例如艾伦·金斯伯格写给威廉斯的第一封信就全文照录。这可以说是发出了以戏拟、拼贴、虚构与纪实相混合手法为特点的后现代主义文学先声。这首长诗最初构思为四卷,写一个男人即一座城市,城市的方方面面体现着他的生活的各个阶段。虽说是主题先行,富有象征意味,但注重细节和现实感。语言基本采用的是本地口语,"我自己的语言"。四卷分别于1946年、1948年、1949年、1951年限量出版;1958年又增加了第五卷,主要阐述诗人的诗观。在生命的最后岁月里,威廉斯又开始写作第六卷,但未能完成。这部大诗从结构到手法上都与艾略特的《荒原》不无相似之处,但规模要大得多,主题也相反,更积极,也许威廉斯就是暗中存心与之竞争,要胜彼一筹,但不小心还是步了人家的后尘。后来他与人谈到艾略特的另一首诗，说"其中毫无生命迹象。只有死亡和更多死亡，无论他如何试图美化那木乃伊。……他妈的，艺术的基质是生活，不是死亡"（威廉斯1954年11月1日致帕克·泰勒信）。在《帕特森》第二卷（1948）中，威廉斯才可以说有了真正的突破：

> 《帕特森》第二卷对我来说是个里程碑。其中最成功的一个东西是该诗第三章中的一个段落，它引发了——在写作的时候并未意识到——我对自己的诗应当是什么样的最终概念；这一段落后来使我有关自由诗体的一切思考变得迫在眉睫。……
>
> 几年后再浏览这东西时，我意识到我悟到了一种技法（那是一种技法的实践聚焦），我写作时却无以名之。我对自由诗体的不满已迫在眉睫，在于我总是想要一种整齐有序的诗体，于是我想到，在我们这个新的相对主义世界里，音尺本身的概念也许得变一变了。厘清这一概念花了我好几年时间。我感觉某处有一种确切的方式可以界定它；任务是找到描述它的词语，给它一个墓志铭，我最终悟到了。不被固定的音尺只能描述为可变的。如果音尺本身是可变的，所谓自由诗体中就可以有秩序了。这样的话，诗体就变得一点儿也不自由了，而只是可变的，就像生活中的一切。从我悟到这一点时起，我就知道了我得做什么了。
>
> 我前面告诉过你，我的两个主要动力是努力了解生活和寻找一种诗歌技巧。现在我有了——天翻地覆的变化。诗必须冷静、理性地加以思考。不是情感，生命的热主宰着，而是事物本身的理性概念。

只不过由于"在写作的时候并未意识到",厘清概念和悟到技法又花了好几年时间,所以他的突破性发现尚未在同年和翌年出版的抒情诗集《云》和《粉红教会》中得到体现,而是略有滞后。后来谈及前者时,他说:"我现在上路了。我认为我找到了我的形式。我说我不得不说的话,用美国习语;我用它觉得自在。在我看来,一首诗的节奏建设是由所说的语言决定的。口头语言,而不是古典英语的词语。对语言的那种感觉是我想做的事情的源头活水。如果我能把这弄得清楚,我就实现了我的目的。无论我成功达到何等程度,《云》中的诗作都是见证。"这还是在说语言。语言决定诗体形式而不是相反。当形式不适合语言的发展了的时候,就应当被改造或抛弃。威廉斯的诗歌语言,尤其是早期的,主要是一种精练的书面语,时而还会有一些生僻古奥的措辞,但他一直坚持用美国英语的习惯表达法,即他所谓的"美国习语";有意识地用真正的口语入诗,大约始于 20 世纪 30 年代末。1938年 10 月,在写《为长诗〈帕特森〉所作细节与戏拟》时,他告诉玛丽·巴纳德说:"我想写得更口语化,更像说话的样式,也许我想发现可唱的样式。"他也不再想重复自己早先的意象主义甚至客体主义风格了,"我不想写图画……我不想稀释"。

对于威廉斯,1948 年的确是个转折点。这一年,他 65 岁,自称接生过两千个婴儿的妇产科、儿科兼全科医生到了该退休的年龄。这一年,他获得了美国国家艺术与文学院颁发的拉塞尔·洛因斯奖,这意味着迟到已久的权威认可。然而,具有讽刺意味的是,同时获奖的是与他持不同诗见的宿敌——学院派诗人兼"新批评家"主将艾伦·泰特。他们奉艾略特为宗师,主宰着 20 世纪三四十年代的美国诗坛。泰特的学生罗伯特·洛厄尔如是说:"就我记忆所及,在威廉斯及其弟子们与另一现代诗派的师长及弟子之间，长期以来一直进行着一场似乎永无休止的战争。'垮掉派'在一方，学院诗人在另一方。……我自己这一派，即泰特和兰色姆这一派，都致力于严格训练，披戴往昔的全副盔甲，要使诗成为承载一个人的全部重量以及智力、激情和敏感的东西。……也许努力都集中于要使旧的格律诗体变得重新可用，以表现个人经验的深度。对我们来说，威廉斯当然是使诗歌革新了的革命的一部分，但他是条副线。人们对他的作品评价不一。它是新鲜的、次等的、不重要的东西，或者是自由诗所能取得的最佳成果。"当时已经成名的洛厄尔后来"皈依"了威廉斯，学着放松节奏，抛弃象征，写起了实验诗。他的《生活研究》（1959）就是威廉斯式的自由诗与散文并置的写法，被公认为是他最好的一本作品集。他后来"忏悔"说："我难以看清我和我接近的更年轻的诗人当时本可以向威廉斯学到多少东西。我们所能做的一切是活下去，遵循我们自己沉重的程序。那个时代已经过去，现在年轻诗人们也许对这陈旧的形式主义的负担和硬化更有觉识了。太多的诗作按规则写出来。它们炫耀着作者的努力和智力，但鲜有更多东西。往往文化似乎已从他们身边走过。再度，威廉斯大夫成了模范和解放者。"这一年前后，还有更多大都尚未成名的年轻诗人与威廉斯建立了联系，成为他的"弟子"，除了洛厄尔和金斯伯格，还有查尔斯·奥尔森、罗伯特·克里利、加里·施奈德、戴尼丝·莱弗托夫、约翰·奥哈拉、西奥多·罗特齐、查尔斯·汤姆林森、肯尼斯·雷克斯罗斯、大卫·伊格纳托、詹姆斯·迪基、罗伯特·邓肯、穆丽尔·鲁凯泽、A. R. 阿蒙斯等。到了1956年，就已有评论者公开宣称威廉斯"对于年轻诗人，很可能比目前写作的任何其他诗人都更有吸引力"了。这一年前后，威廉斯开始应高校英文系之邀参加学术会议和讲学，这表明他已开始受到学院派的注意，哪怕是作为反面教员。他在华盛顿大学发表题为《作为行动场地的诗》的演讲，重申在美国口语中发现新节拍的迫切性和可能性。他的"场地"概念后来被演绎成战场、力场、考古作业场等种种开放的场地。用克里利的话说，直到1950年，美国诗人所面对的仍旧是"一种封闭体系——效仿外部和传统上公认的模范的诗作。那时期的新批评占主导地位，不肯认可被视为'开放场地'的诗的可行性"。正在此时，威廉斯阵营"通过视诗为场地而非一堆或多或少僵化的诗行而取得了可观的进步"。查尔斯·奥尔森的宣言式论文《投射诗》（1950）一问世，就受到威廉斯的热情赞赏。他在给罗伯特·克里利的信中说："我和你同样兴奋，就好像整个地区被掀起了。这正是我们所追求和必须拥有的东西。"他甚至在《自传》中大段摘引了奥尔森的文章。

奥尔森开宗明义地提出：1950年的诗如果要向前走，如果要有根本的用处的话，就必须采取并应用某些有关呼吸的规律和可行性。他同时明确表示：意象主义运动只完成了听觉的革命，而制订呼吸律的任务就落在了后辈诗人的身上。投射诗（自然是由内向外的，据奥尔森说，同时还有用力抛掷、用力击打、向前瞻望的含义）或曰开放诗的首要"原则"或"律法"是由罗伯特·克里利发明的，即"形式不外乎是内容的延展"。这意味着诗没有预先设定的外在形式，每首诗的形式都是由其内容决定的，因而是独一无二的。其方法则是奥尔森所谓的"场地构成法"。这意味着现场即兴操作。奥尔森正确地抓住了构成诗体的两个基本元素——音节和行。他阐释说：音节是最小的构件，是统辖和连接诗行的铆钉，而自英国伊丽莎白时代晚期至埃兹拉·庞德期间的诗歌则丧失了音节的秘密，转而注重音尺和韵脚之甜美。他的意思似乎是：作为最小的语音单位的音节往往与最小的语义单位——词素——相重合，故而每个音节都是音义（用他的话说，是"头脑和耳朵"）的结合体；音尺则一般由不止一个音节构成，且与语义无关，所以以音尺为基本单位的诗不及以音节为基本单位的诗精微细致。至于诗行，他认为，其节奏和长短是由写作者当时的呼吸厘定的。这就是他所谓的"诗行的律法"。他所谓的呼吸应该是指吟诵或说话时的气息，写作只是口头表达的文字记录而已。他认为，手稿和印刷品使诗远离了作者和听者，丧失了声音。然而具有反讽意味的是，机器却有助于使诗重获声音。打字机空格之精确使诗人像作曲家用五线谱一样，得以在纸上准确地记录自己的说话音效，表明诵读的气息情况，小到音节的停顿和迟滞、词组和短语的排比并列等，同时指示读者按照他的意图默读或朗诵其作品。例如，至少他本人规定：空格的长度若相当于前面的词组的排印长度，就表明诵读时气息停顿的时间等于词组发音的时间长度；跨行而居的行尾的词或音节到下一行开头之间的迟滞相当于眼睛从该词转移到下一行开头的时间长度；表示语音组而非语义组的较短暂的停顿不用逗号，而用打字机上特有的斜杠符号（/）；利用多重依次递进回缩空格，错落排列一句诗中意义和呼吸都向前进展的若干词组（此即所谓"楼梯诗"）。奥尔森明确地说：前辈诗人庞德、威廉斯、爱·埃·康明斯等都早已曾经以各自的方式利用打字机来作诗；现在"我们"要做的只是对场地构成法的种种习惯做法加以认可，以催生一种"像具有一切传统优势的封闭诗一样形式规范的开放诗"。显然，他是意欲在无法的自由诗的破之后立法，使他所谓的开放诗成为堪与传统诗分庭抗礼、并驾齐驱的一种新的诗歌类型。在客观上，新一代诗人的努力正在使美国诗歌继惠特曼之后进一步本地化，以实现与英国传统的彻底决裂而真正独立。而这是在威廉斯的直接影响下发生的。学院评论家 J. 希利斯·米勒在威廉斯去世后不久说："可能在后人眼里，威廉斯比史蒂文斯或者说弗罗斯特更像是一种新文学传统的创始者，在语言和节拍上独具美国特色的诗歌的创造者。当然，他的目标就是要创造这样一种诗歌。"

"没有节拍，我们就迷失了。"威廉斯于1953年写道。也许是奥尔森的文章帮助他厘清了概念，启发了他，威廉斯终于发现了"一种可操作的新型节奏模式"——基于所谓"可变音尺"概念的一种特定形式：分成三截、排成楼梯状的诗行。1954年，诗集《沙漠音乐及其他》由纽约兰登书屋出版，收录诗作13首，99页。威廉斯说："此书有些特别。……我的全部兴趣在于发展我所发现的概念——可变音尺——基于《帕特森》第二卷第三章的诗作样板。现在，有意识地，我知道我想做什么了。……《沙漠音乐》中的其他诗作比标题诗更重要，因为它们有意识地使用着我发现的东西。"其中开卷第一首诗《下降》即出自《帕特森》第二卷第三章，是他最早也是最得意的样板。此诗被收入诗选集《诗人的选择》（1962）时，威廉斯加了一则附注："我用美国习语写作，且多年来一直用我所谓的可变音尺。《下降》是用那种媒介写的完全令我满意的第一首诗。"其余的则只是按样板复制的尝试，"过去一年里我写了十或十二首诗，用一种强调节拍之重要性的新诗行"（威廉斯1953年10月8日致罗伯特·克里利信），但似乎都不太令他满意，因为"那首诗［指《下降》］的不整齐无法重复"。

翌年，又由兰登书屋出版了诗集《走向爱的旅程》，收录诗作16首，87页，题献给诗人的妻子。威廉斯继续重复应用着他发明的诗体："我有关可变音尺的理论显然尽在书中。我确信那是个有效的概念。它也许不适合每个人，但是逃避自由诗体无形式性的一种方式。"他的理论是："可变音尺这一术语的语法简单说就是它对自己的描述：一种诗歌音尺，不是固定的，而是随语言的要求变动的，保持着诗行中可能发生的有节拍的强调。它的特点，即与我们所熟悉的固定音尺的不同之处是，它忽略诗行中音节的计数——这是通常格律分析的标志——而追求一种听觉的节拍，一种更感性的计数。……这种写法对于旧的节拍模式的优势在于，不用倒装，它允许诗人使用他自然说话的语言，只要他很好地控制它，不失去词语有节拍的秩序。""语言唯一的有节拍形式……是它的诗。……唯有在此基础上，一种新的语言，让我们假定它是美国语言，才适于信任其组织。"威廉斯与奥尔森的立场一致，都是要抛弃传统形式积淀的僵化和错位，回到诗的本源，再从活的语言出发，重建适合这种语言的新秩序。具体而言，他们都倾向于抛弃音义组不相重合的人为音尺，而向音义组相重合的自然节奏回归，而后加以折中，重新厘定现代节拍。这较之"艾米象主义"的自由诗理论看似无多大"进步"或多少"发明"，实际上有质的区别，因为如果说自由诗的基本节奏单位是段甚至篇，那就近似散文了，而可变音尺仍是音尺，类似英国诗人杰拉德·曼利·霍普金斯所谓的"弹起节奏"。不过，威廉斯和奥尔森可能都没有意识到，他们正在陷入一种悖论怪圈之中，即非预设的开放诗一旦变得"形式规范"，尤其是可以照样重复时，它就不再是开放诗，而是预设的封闭诗了。

他的发明在当时就为人所诟病。托姆·冈评论说："分成三部分的诗行，他称之为'可变音尺'。我觉得这名称不很清楚，如艾伦·史蒂芬斯在一篇书评中曾指出的，一个可变音尺就像一个橡皮英寸一样没有意义。"可变音尺是基本节奏单位，分成三部分的楼梯状诗行是节奏模式，把二者混为一谈，难怪会不很清楚。据说，威廉斯本人在1955年初也已开始对自己的发明感到不满意了。

他渐渐觉得它节奏缓慢，加之害怕重复或戏仿自己，在用同样的三级楼梯诗行填满两本诗集之后，1955年底又开始新的实验了。1957年7月3日，他致信熙德·科尔曼称："我意识到我把诗行武断地划分成我最近的三部分只是一种近似物，是为了给我自己的头脑某种可抓之物，以表示可变音尺的必要性。即便是那样它也不令人满意，而必须很快被抛弃；得有更具包容性的东西来取代它。"然而，他仍使用这种形式写作了长诗《帕特森》第五卷和最后一本抒情诗集《出自勃鲁盖尔之手的绘画》（1962）中的部分诗作。后者中大部分诗作似乎又回到了他在20世纪30年代喜用的三行诗节，其实与楼梯诗行的区别也仅在于排列形式吧。在他去世的前一年，当有来访者问及他给新一代诗人留下了什么特别有价值的东西时，他依然充满自信地回答："可变音尺——会令美国人满意的、按照一种新方法所做的诗行划分。如果你不决意要国民性也无妨。但一个美国人被迫要试着发出腔调。这或者重要，或者不重要。一个美国人必然曾经想到过，诗行的问题是重要的。美国习语有许多可供给我们，那是英国语言从未听说过的。至于我自己的简略的处理方式，也许令人迷惑，但不是不友好的，也不是，我认为，完全空洞的。"

七、面向未来：实至名归

在沃尔特·惠特曼"劈开了新木头"之后，过了整整一百年，威廉斯完成了他的"雕刻"，同时有了传人艾伦·金斯伯格等。这三位可算是同乡的诗人，被认为是美国诗歌本地传统一脉相承的最具代表性的人物，而他们都是几乎到了迟暮之年才赢得习俗社会的承认和尊重。其中威廉斯更是承上启下的中坚。在他之后，这一传统才算开枝散叶，发扬光大。1950年以来，由于入选美国国家艺术与文学院，美国全国图书奖、博林根诗歌奖等迟到的荣誉接踵而来，威廉斯声名鹊起，虽屡次中风，健康状况每况愈下，但常应邀在全国各地演讲和朗诵诗作，所到之处均受到英雄般的欢迎。在别的时候，他就在家乡拉瑟福德，犹如惠特曼晚年在同州的开姆登小镇那样，接受着来自世界各地的一批又一批崇拜者的"朝圣"。1963年，诗人去世两个月后，诗集《出自勃鲁盖尔之手的绘画》获得的普利策诗歌奖和美国国家艺术与文学院颁授的诗歌金质奖章更是仿佛给其终身成就加冕增辉。

1976年，已有研究者称威廉斯是"我们最具创新精神和最慷慨大方的现代作家之一"。1981年，权威的传记《威廉·卡洛斯·威廉斯：一个赤裸的新世界》问世。作者保罗·马利安尼在"前言"中称威廉斯是"20世纪独一无二最重要的美国诗人"，而"史蒂文斯紧随其后"。他孤军奋战，要"为更广大的读者群重造美国诗歌。威廉斯打赢了这场战役的明证在于他去世18年之后，他的诗作在今日享有的中心地位，在于成千上万的新、老诗人，心知自己的诗作是深受这位走在他们前头的和蔼的口语大师影响的"。1983年，美国近代语言协会还在年会上正式庆祝威廉斯百岁冥寿。于是，"威廉斯被他所鄙视的学术界抬举到了'可敬的名人'的地位"。他的作品也走进了高等学府，被收藏、研究、讲授，成为经典。这还不到20世纪末，伊沃尔·温特斯的预言已提前实现了。

的确，艾略特和庞德把美国诗歌送进了教室和图书馆，威廉斯又重新把它拉回了民间，赢得了争夺下一代的战争。受前二者影响的晚辈美国诗人，有的甚至倒戈投奔了威廉斯的"地盘"，如罗伯特·洛厄尔。自20世纪50年代中期起，威廉斯的影响日趋上升，追随他的队伍日益壮大。以金斯伯格为首的垮掉派诗人崭露头角，风靡一时，其语言之粗鲁放肆，形式之随心所欲已自成气候，但其注重当下体验的态度倒与威廉斯貌离神合。洛厄尔则在大学里开设诗歌创作培训班，开始教业余作者写诗，从而开创了自白诗派，专以写个人自传性题材见长，与威廉斯可以说也是异中有同。以奥尔森、克里利为代表的黑山派诗人和以奥哈拉为代表的纽约派诗人相对来说较为冷静，艺术气质上更接近威廉斯。这几大派诗人在20世纪50年代至70年代各领风骚，热闹一时。对于更多的平庸诗作者来说，"滑入新模式，复制威廉斯的形态而不模仿他的本质精神就变得太容易了"。这也正是威廉斯看似平易的语体诗风应有的弊端，它给人一种人人都可以轻而易举地学会写诗的错觉。诚如洛厄尔所说，"威廉斯不像玛丽安·莫尔，似乎是可以被匿名模仿的那一类诗人。他的风格几乎是一种公共风格，甚至是他所为之标榜的——美国风格"。曾几何时，我国网民戏仿"梨花体"的狂欢与此现象有相似之处，都是只看到了浅表的"形态"，并未体味到"本质精神"。这样的诗只是较易入手而已，真正要写好却比写艾略特那样的有难度的诗更难。

从本质上讲，艾略特和庞德虽然也用自由体，但写的仍是旧诗，因为他们的表现手法尚未脱出传统的象征和暗喻窠臼，亦即言此意彼、指东说西，追求言外或象外之意的套路。威廉斯虽然早期如玛丽安·莫尔所说，"中了浪漫的毒了"，但他很快就宣称"唾弃押韵和修辞"，基本上不用象征和比喻，而只用白描手法如实描绘所见，从而打破习惯传统套路的读者寻找言外之意的心理预期，令其若有所失之余又若有所悟。他的许多诗作，尤其是晚期诗作，有的像静物画，有的像人物画，有的像风景画，有的像风俗画，只有物象，没有评论，即便有动作，也如瞬间捕捉的定格画面，有一种颇具张力的静态美。这种只用白描手法摹状物象，而不用传统修辞刻意营造暗喻或象征，有象无意的诗，被台湾诗人向明称为"无意象诗"。相对来说，这才是更有新意的诗，才是向本源和个性回归的诗。有人又因此批评说他的作品缺乏深度，他的回应是："然而，诗人不允许自己超越在正在处理之物的语境中发现的思想；事物之外别无想法。诗人凭借诗作思想，他的思想即在其中，而诗作本身即深度。"在他看来，追随艾略特的学院派诗人和评论家以为"暗喻即诗。对他们来说，只有一个暗喻：欧洲——过去。对于他们，一切暗喻，无可避免如此，都是过去：那就是诗。那就是他们所认为的诗：暗喻"。所以，他们是向后看的，而他是向前看的。再从写作方式来看，艾略特和庞德们每每凭借某种传统象征体系，以表现某种宏大历史或永恒主题，这无疑都只能是对往事的回顾，是过去时或完成时；威廉斯则多采取即时即兴的日记或速记式写法，题材多是当下日常生活片段以及伴随的个人感受和情思，是现在时或进行时。前者较靠近哲学，而后者更贴近诗歌的本质。有论者这样比较说："庞德是个传统主义者，他对文学的持续性的投入大致止于他自己这一代；威廉斯则是断然决裂的倡议者，他把许多精力投入了创作的未来之中。"说到底，庞德和艾略特们试图从书本中翻新，而威廉斯则通过直接接触生活现实创新。前者主要写的是"学问诗"，后者主要写的是"生活诗"。威廉斯对空洞的概念不感兴趣，而只对具体的客体感兴趣，换句话说，他不关心人类，而只关心个人。身为临床医生，他深有体会地说："这才是诗人的正事。不是用模糊的范畴谈话，而是具体而微地写作，就像医生在病人身上工作那样，在眼前的事物之上用功，在个别之中发现普遍性。约翰·杜威曾说（我发现这句话纯属偶然）：'地方的才是普遍的，一切艺术皆基于其上。'"

我们中国人喜欢给诗人冠以某种雅号,以概括彰显其成就和特点,如诗仙、诗圣、诗佛、诗鬼等。仿照此做法,我们不妨称威廉斯为诗医。这不仅是美誉,而且名副其实。他不仅是两千个美国婴儿的接生者,而且是美国新诗的助产士。他影响了不止一代人,扭转了大众的诗歌审美趣味。多亏了他,惠特曼播下的种子才得以繁衍昌盛。

八、译余赘语

以上只是拉杂而粗略地介绍了威廉斯诗歌理论和实践的基本特点,聚焦于他毕生专注的重铸新体的形式实验和不同发展阶段的创作风格,主要涉及"如何写"。因为,如威廉斯所说,没有什么不可以入诗,"重要的是你拿它做什么。总是如此。总是如此!处理素材的高妙才是赋予优点的东西,总是"。至于"写什么",限于时间和篇幅,这里就不多作介绍了。如果有机会的话,将来再另文详述。好在内容俱在本书之内,读者阅毕,当自有判断。再借威廉斯的话来说:"诗作是个胶囊,是我们包裹我们该受惩罚的秘密之所。因为那些秘密内部蕴含着那唯一的'生命',那在更适宜的时候萌发、在它们的秘密结构中成真、极尽我们思想的最精微细节的能力,所以它们具有其特殊的优点。我们为此写作,以便那种子成真。"这似乎既回答了"写什么",又回答了"为何写"的问题。

除了写诗,威廉斯还写散文、剧本、小说以及一些难以归类的文字,甚至偶尔也从事文学翻译。他与母亲合作翻译过一本当代法国小说《巴黎的最后几夜》(1929)和一本17世纪西班牙小说《一条狗与热病》(1954);他自己独力翻译过不少西班牙语、法语当代诗。值得一提的是，他晚年还与华裔学者诗人王燊甫合作"翻译"过一册中国古今诗选《桂树集》（1966），其中收录上自古代佚名民歌下至毛泽东、冰心、臧克家等所作诗共38首（包括郭沫若《凤凰涅槃》片段）。当然，他不懂汉语，只是起到在王燊甫的译稿基础上润色加工的作用而已，犹如庞德利用费诺罗萨的中国古诗学习笔记加工成《华夏集》（1915）一样。《华夏集》曾受到威廉斯的激赏，对他当时的创作有一定影响。他是否也想在这方面与庞德一较高下呢？通过翻译，诗人可以在译入语里"发明"新东西，而无论原作是新还是旧；庞德就是这样从各个时期各国文学中"剽窃"营养的。作为颇有心得的过来人，威廉斯一语道破了个中秘密。他说，尝试翻译"应当允许我们以不受限制的新鲜感运用我们的语言。在这种尝试中，我们不必遵循先例，可以走岔道进入新措辞，采用新形式，甚至发现新形式"。

　　的确，在本书中，可以说就有不少在汉语中没有先例的新措辞和新形式，但这是在一面遵循原文，一面与之较劲的过程中创造出来的。且不说威廉斯不承认自己所写的是自由诗，即便是，也不能自由地译成自由诗。诗没有自由，译诗就更没有自由。必须亦步亦趋，模仿原诗的词法、句法、分行法甚至标点法等细节，从而在译文中综合再现一种风格。这种风格既脱胎于威廉斯，又从而翻之，主要靠译者的拿捏。译者应当更多是性格演员，而不是本色演员。威廉斯的语言并不完全是口语，而更像是艾略特所谓的"好散文"，为了表达的需要，有时会有生僻的措辞，也会有俚俗的用语，但总的来说措辞是平实精确的。诚如罗伯特·洛厄尔所注意到的："他的习语有许多来源，来自各种各样的谈话和阅读；二者的混合是他自己的发明，量大且具有异国情调。很少有诗人能接近他那用词的宽广明晰和敏捷正确，他那庄严和几乎是亚历山大式的声部变换。"其诗的新奇之处多在于句法与分行法之间的不一致所形成的张力。其效果则如洛厄尔所论："威廉斯曾说，他用他所用的形式以求语调、气氛和速度的快速变化。这使他变得危险而难以模仿，因为大多数诗人的作品中几乎就没有语调、气氛和速度的变化。"相应地，译文也应创造性地传达这些风格特点，做到既陌生化，又符合汉语表达习惯，让当代汉语读者觉得有新鲜感，才算是多少体现了威廉斯的精神。若大量以汉语中现成的成语和陈词滥调或诗体形式来译威廉斯的诗作，则失之远矣。

本书所用原文底本主要是 A. 沃尔顿·利茨与克里斯托弗·麦高恩合编的两卷本《威廉·卡洛斯·威廉斯诗汇编》。注释部分除注明"译注"外，均译自该书。诗作编排顺序基本上依照该书：单行本诗集按出版先后排序，其中诗作顺序依旧；集（不算威廉斯生前出版的几种诗合集）外诗作按写作或最初发表时间先后排序；小册子《中断》的内容在该书中被打散编在集外部分，在本书中则予以恢复。此外，还参考了其他一些选本和选集。

原先早有友人表示要译威廉斯诗，译者曾热心为其提供资料，但敬候十年未见其成果问世，遂不揣谫陋，亲自率尔操觚。自译者动念译介威廉斯以来，也已三年有余。因本人对威廉斯素无研究，每每踌躇，加之种种急务杂事加塞，断断续续拖延至今，草稿始告初就。曾对人感慨：威廉斯之难即在于其不难。约翰·但恩和叶芝难，但其难皆有着落，稍费稽查之功而已，威廉斯之不难则几乎无处可查（幸好他自己乐于解释），因为他是全新的、个性的，与旧文学传统的联系较薄弱。但他与现实生活的联系较强，用时下流行语说，就是较接地气。其诗中有些描写当时美国生活的用语早几年汉语里还没有对应的说法，可见当时我们的落后。

现在距威廉斯第一本诗集问世已逾百年，我们才初次有如此规模的译介。不过，本书选诗466首，也仅占其全部诗作的一半左右，且不算长诗《帕特森》和《科拉在地府：即兴之作》中的散文诗以及未发表的诗稿。①

我们中国人喜欢讲缘分。1963年3月4日，威廉斯在拉瑟福德逝世月余之后，译者在太平洋此岸出世。50年后，他的诗作再度成熟，从美国习语"转生"于现代汉语之中。冥冥中这些数字之间是否有某种联系呢？

傅 浩
2014年3月23日初稿
2022年12月6日重订

---

① 这是指2015年版《威廉·卡洛斯·威廉斯诗选》的规模。目前本诗合集则增扩至包括威廉斯全部正式出版的诗集中的全部诗作和大部分集外诗作，总计651首。

脾气*

(1913)

* 此诗集是威廉斯的第一本正式出版物,于1913年自费50美元在伦敦由埃尔金·马修斯出版社出版,收录诗作18首,以及一组4首译自西班牙语的翻译诗(此处略去不译),32页,题献给诗人的舅父卡洛斯·欧埃伯。威廉斯晚年谈及此诗集时说:"标题诗?把我典型化了的东西。我总是认为自己有脾气;我过去常常大发脾气……以后不再了。我总是要么兴奋,要么抑郁。这一时期的诗短小、抒情,多少是受了与庞德相识的影响,但更多是受帕尔格雷夫的《英诗金库》的影响。"(威廉·卡洛斯·威廉斯:《我想写一首诗:一位诗人的作品的自传》,伊迪丝·希尔编,波士顿:烽火出版社,1958年,第15—16页)——译注

地上的和平*

　　射手醒来了!
　　天鹅在飞翔!
　　金色衬蓝色
　　一支箭平躺。
　　天上在狩猎——
　　安睡到天明。

　　大小熊在外!
　　天鹰在啼鸣!
　　金色衬蓝色
　　眼睛亮晶晶!
　　睡吧!
　　安睡到天明。

　　姐妹手挽手
　　同睡在一床;

---

* 此诗发表于芝加哥《诗刊》1913年6月号。威廉·卡洛斯·威廉斯(简称WCW)晚年解释说:"只是用我知道的材料,作一首可以粘合在一起的催眠曲。"(约翰·C.瑟尔沃尔在其所存威廉·卡洛斯·威廉斯《早期诗合集》上记录诗人在20世纪50年代后期谈话的笔记,以下同)

金色衬蓝色
头发闪闪亮!
长蛇在蠕动!
猎户在细听!
金色衬蓝色
剑锋晃晃明!
睡吧!
天上在狩猎——
安睡到天明。

后奏曲*

既然我对你已冷下来了
就让失去光泽的砖石镀上金；
神殿受太阳抚慰而毁圮
沉睡得彻底。

把手给我，我们去跳舞，
菲莱的涟漪，进进出出；
还有嘴唇，我的莱斯博女人，
曾经是火焰的壁花。

你的头发是我的迦太基
我的手臂是弓；
我们的话语是箭
射向星星；
它们从那烟笼的大海
蜂拥而来要毁灭我们。

---

* 此诗最初发表于芝加哥《诗刊》1913年6月号，删去了最后一行。"以我的能力给我留下印象的最初的诗作之一。拉斐尔前派兄弟会的罕有气氛。这是我对何为经典作品的看法。""济慈和叶芝的影响，还有道森。"（约翰·C. 瑟尔沃尔的笔记）

但你在我身旁——
哦,我怎能拒斥你?
你用闪亮的乳房
在夜里弄伤我,
就像维纳斯和玛尔斯。
那夜喊叫着杰森
响亮的屋檐震响
如随我头上的波浪
蔚蓝在我欲望的船头。

哦,黑暗中的祈祷!
哦,向波塞冬敬香!
亚特兰蒂斯的平静。

最初的赞美＊

    黄昏树林里走得飞快的女士。
      你是我的女士。①
    有你在前头，白皙、苗条，穿行在翠绿小树间，
    我认得了那脆裂着的树叶覆盖的小径。
    我曾躺在你身边的褐色林地上，
      在你身边，我的女士。

    遍布石头的河流中的女士，
      只有你是我的女士。
    在那里，千条溪流像农民一样熙熙攘攘去赶集；
    皮肤透明，因与世隔绝而狂野，
    他们用白臂膀在沿途帐篷林立的大道上挤来挤去，
      赞美着我的女士。

＊ "我一直在营造，并意识到这种虚假。我本应该写我周围的事物，但我不知道怎么写。我不高兴，因为我不是在做我想做的事。我就快说对了，但我说不出来。我对语言一无所知，除了在济慈或拉斐尔前派兄弟会那里听到的东西。"（约翰·C. 瑟尔沃尔的笔记）

① "我的女士，WCW 的未婚妻弗洛伦丝（弗洛丝）·赫尔曼。在第一节中，他回忆了 1910 年夏天与弗洛丝和她的家人在纽约南部比弗齐尔河上的库克斯瀑布逗留的情景。"（约翰·C. 瑟尔沃尔的笔记）

敬　意*

艾尔薇拉，由于爱的恩典，
在你前面走着
一团清亮的光芒，
使所有虚荣的灵魂
有如中午时分的烛火。

装模作样之人的大声喧哗，
在你面前融化，
如同马车滚滚而过，
而你悄然前来，
却得到了敬意。

现在这条
通往爱的小路
又因人多而热闹起来；

---

* "艾尔薇拉"指艾尔薇拉·斯托尔特，"赫尔曼夫妇的朋友，一个浪漫的女人，一个海达·伽伯勒。我迷上了她，以至于写了一首诗。这是庞德，纯粹的庞德［风格］。弗洛丝和赫尔曼夫人都讨厌她"（约翰·C. 瑟尔沃尔的笔记）。海达·伽伯勒是挪威剧作家亨里克·易卜生的剧作《海达·伽伯勒》中的女主人公。

而来自爱的
宽阔大路
却没有行人。

傻瓜之歌*

我尝试把一只鸟放进笼子。
　　呵，我真是个傻瓜！
　　因为那鸟乃是真理。
欢快地唱吧，真理：我尝试
　　把真理放进笼子！

在我把那鸟放进了笼子后，
　　呵，我真是个傻瓜！
　　咳，它弄破了漂亮的笼子。
欢快地唱吧，真理：我尝试
　　把真理放进笼子！

在那鸟从笼子中飞走之后，
　　呵，我真是个傻瓜！
　　咳，我既无鸟又无笼子。
欢快地唱吧，真理：我尝试
　　把真理放进笼子！
　　嘿嗬！真理放进笼子。

------

* "这来自我对哲学的摸索阅读——特别是赫伯特·斯宾塞。一点点康德。"（约翰·C. 瑟尔沃尔的笔记）

出自"维纳斯的诞生",歌*

来跟我们一起玩吧!
看,我们的胸脯像女人的一样!
从你们海边的帐篷里
出来跟我们玩吧:这是禁止的!

来跟我们一起玩吧!
瞧,水里赤裸、直溜的腿!
在我们船边,我们停留,
然后游走。
来我们这儿吧:这是禁止的!

来跟我们一起玩吧!
看,我们像女人一样高大!
我们的眼睛敏锐。
我们的头发明亮。
我们的声音直言不讳。

---

* "[康涅狄格州]西黑文海滨。我当时正在撩拨女孩,欲火旺得要命。"(约翰·C. 瑟尔沃尔的笔记)

我们陶醉在大海的绿色中!

　　来玩吧:

　　这是禁止的!

不 朽[*]

是的,有一物比百花更艳丽;
　　比纯粹宝石更富贵;比天空更宽广;
不朽而且不可改变;其威力
　　超越理智、爱和健康!

而你,亲爱的,就是那有神性之物!
　　奇妙而可怕;一眼看上去,
一位被激起来反对天王的受伤的天后!
　　你的名字,可爱的,是无知。

---

[*] 此诗最初发表于芝加哥《诗刊》1913年6月号,题为《不朽的证明》。"写给维奥拉·巴克斯特的。"(约翰·C. 瑟尔沃尔的笔记)1907年,埃兹拉·庞德将WCW介绍给他在汉密尔顿学院时认识的维奥拉·巴克斯特,一个对艺术感兴趣的迷人的年轻女子。对WCW来说,她代表着纽约人的世故。WCW在订婚后的几年里,甚至在1912年结婚后,都与她保持着一种暧昧的关系。她于1914年与维吉尔·乔丹结婚。

次强音*

拿着那个,该死的;还有那个!
　　这儿还有一朵玫瑰,
重新整理好吧!
　　上帝明白
我很抱歉,格蕾丝;可是那么,
如果你要做一只猫,不是我的错。

---

* "想象格蕾丝·史密斯,一个坚强的孩子,她嫁给了狄金森。"(约翰·C. 瑟尔沃尔的笔记)格蕾丝·史密斯与弗洛伦丝·赫尔曼一起上学,后嫁给了老费尔利·狄金森,后者是贝克顿-狄金森外科用品公司的创始人之一。

后来之歌

  阿波罗①,你就这样闯到我面前,
  透过绛紫衣袍的光辉——
  由黄发的克吕墨涅拎举着
  来覆盖你双肩的白皙——
  因一天的乘马颠簸而裸露。
这在我看来很奇怪,在这现代的黄昏里。

---

① 阿波罗是古希腊神话中的太阳神,每日乘驷马金车从东到西在天空驰骋。他与女神克吕墨涅生子名法厄同。——译注

粗鲁的哀歌

火焰的母亲[①]，
去打猎的男人
在雪堆里睡着了。
你让火种继续燃烧！
弯曲的手指从潮湿的
树叶中间抽出柴枝，
火焰的母亲，
你让火种继续燃烧！
年轻的妻子们已经睡着了，
头发湿湿，在哭泣，
火焰的母亲！
年轻人举起沉重的标枪，
在黑暗中寻找猎物去了。
火焰的母亲啊，
让火种继续燃烧的是你！
瞧，我虚弱无助！
愿上帝让他们把我带走吧！

[①] "母亲"下注"R. H. R."（约翰·C. 瑟尔沃尔的笔记）。WCW 母亲的全名是 Raquel Hélène Rose Hoheb。

考　验[*]

　　　　哦，深红的蝾螈，
　　　　由于爱的一时冲动
　　　　　　　　　　而神圣！
游啊——
　　　那蜿蜒的火焰
　　　注定要销毁他——
并把我们的同伴再次带回家来。
　　　带着沾水的獠牙游进去，
　　　啮出并浸灭
围绕他的火焰之根，
直到地狱之花消殒，
　　　他重归家园。

　　　哎，带他回家来。
　　　哦，深红的蝾螈，
让我看到他没有被烧坏——
然后你就随意处置他吧，
　　　哦，深红的蝾螈。

---

[*] "或多或少与世隔绝的诗人团体——由 E. P.［埃兹拉·庞德］领导的兄弟会。"（约翰·C. 瑟尔沃尔的笔记）

科隆的弗朗哥之死：他对贝多芬的预言*

没有用，好女人，没有用的：火花废了。
天！然而，这一切的力量一旦袭来了，
这时，又似乎不可能我做不到。
可我做不到。他们是对的，他们都知道
多年前，但我——从不！我一直在盲目
（他们说）坚持，现在我老了。我曾抗拒
一切，但现在，现在争斗已经终止。
火已熄灭；旧斗篷已最后一次
修补，灵魂透过它的破衣服向外窥视。
把灯放在旁边，离开我；现在没有什么事
要紧了；我已经完事了；我终于破败不堪！
然而，上帝在上，我还是要给他们留个纪念，
好让他们发誓说那绝不是死人所写；
他们在咬到的那一天，会好好记下这些，
好让他们粗大的牙缝里还会有沙子可嚼，
直到加百列先生吹响宣告结束的号角。

---

* 弗朗哥是"音乐记谱法的发明者"。"来自我的德语阅读。我们势必要像他发明音阶一样发明新诗。我一直在寻找押韵之外的东西。而我在弗洛丝1913 年 3 月送给我的惠特曼的《草叶集》中找到了自由诗。我一直有这样的感觉，3 月里我总会遇到好事。"（约翰·C. 瑟尔沃尔的笔记）

离开我!

　　　　现在,小黑眼睛,你们都出来露脸!
啊,你们给了我一股活泼、持久的阵痛,年
复一年赢得你们在我身边,亲爱的!
宝贵的孩子们,小调皮鬼们!"远爱的",
他们可能曾经这样叫你们;"近爱的",
我现在这样叫你们;我,所有年迈的
当中第一人,在这片平原上,是我把你们
从混沌中扯了出来!是我生下了你们!
啊,你们这些翻越有五根栏杆的院门
去玩耍的小孩子,还会在四处胡混,
不顾我曾经讲给你们听的一切有关乐音
对位法和终止式的知识,那拴不住你们——
不啻因为这样或那样奇怪原因的锁链,
但你们总是在玩某种新的有爱的背叛,
远远躲开我,大笑着,讥笑着,
也许是无心的,要不是这永远在敲着
你们那可怜的父亲的心门,直到——哦,好,
至少你们已经表明你们可以成长得很好,
无论你们多么频繁躲避我,跑得越来越快。
但是,黑眼睛,总有一天你们会得到一个主宰,
因为他会来!他将要,他必须来!
当他完成了,他的车轮上灼热的尘埃
落定时——人们将会看到什么?
你们,你们,你们,我可爱的孩子哟!
是的,你们所有人,就这样手拉着手

在山坡上玩耍，或在那里留守，
或在自由奔跑，但都是我的！是啊，我的同宗同族，
将成为他实至的名声的支柱。
他将带领你们！
他将回报你们！
他将为你们建黄金宫殿！
他将用晶亮的酒杯为你们斟满！
因为我已经看见了！我已经看见
这写在天国的青铜门楣上边，
被尘世的云层遮掩，
不为他人所见！

预　兆*

夜晚的红色摇篮，
　　在你内部，
　　那黄昏的孩子
睡得很香，直到他的力量
　　层层堆积，
筋肉摞筋肉。

夜晚的红色摇篮，
　　那黄昏的孩子
睡觉时坐得又直又端。
　　瞧！现在
　　　　风吹得多厉害！
　　他着枕躺下；
风又变得轻微。

当他伸出双臂时，
夜晚的红色摇篮，

---

* "我在预言我自己的美妙未来。我是那黄昏的孩子，将向他们展示。"（约翰·C. 瑟尔沃尔的笔记）

警报声响起，
从光秃的树到树，
　　恣肆
　　　　　惊恐不安！
他将强大威武，
夜晚的红色摇篮，
　　那黄昏的孩子！！

活泼有力地*

小气,是对那个可怜傻瓜的最好描述,
他认为朗斯洛特是个阴郁的家伙,
闷闷不乐地思索着他与桂内维尔的韵事
高潮期过后自然而然要发生的事件。
如果我判断正确的话,他有一种病态的历史观,
相信任何这样的事情都曾经发生过。
但是,以血之神的名义,还有什么曾经阻遏
我们所有人对恐惧怀有彻头彻尾的抗拒?
除了这同样的极端可恶的小气——
它围着我们的脖子叫嚣,如果我们花费
太大手大脚,我们将来拥有的会比现在越来越少。
呸,这样的忸怩作态简直不值一提!
同理,我们应该让苹果树免于
一年到头只开粉红色的花,
一成不变,免得它们的肚子不体面地变大,
宝贵而无辜的日子被浪费得精光。

---

* "这首我一直很喜欢,因为我刚刚开始找到自己的方式,说我想说的话——一字不改写成。"(约翰·C. 瑟尔沃尔的笔记)

我们怎么能少呢？我们不是有武功吗？
朗斯洛特不假思索，花光了黄金，骑马去打仗，纵身骑上，如果上帝愿意，一匹好马。

趋向无穷*

  我仍然带花来，
尽管你把它们扔在我脚下，
  直到没有一朵
不横遭暴打而伤痕累累：
  花儿朵朵，
你可以把它们全部摧残，
  就像你一向所做的。

  当然高高兴兴地
我仍然带花来，带花来，
  明知所有的
都在赞美你期间就惨遭蹂躏，
  不会活到
说话不那么中听的时候。

---

* "写给维奥拉［·巴克斯特］。"（约翰·C. 瑟尔沃尔的笔记）

躺在这里*

验尸官的快乐的小孩子们
    长着那样闪亮的棕色眼眸。
他们的父亲不是天性快活之人,
    他们的母亲也言笑不苟。
验尸官的快乐的小孩子们
        却那么容易大笑。

他们笑,是因为他们富贵。
    给他们的果实挂满了所有的树枝。
瞧!他们如何嘲笑失败,因为
    善良的天国填满了他们的小肚皮!
正是验尸官的快乐、快乐的孩子们,
    才那么容易大笑。

---

* "E. P.[他安排《脾气》出版]认为这是所有作品中最好的。"(约翰·C. 瑟尔沃尔的笔记)庞德[E. P.]将这首诗收入《剪影》(1932)。

同时代者*

乡野水汽蒸腾，
大雨的一角
落在了我的花园里。

我现在来回走动；
小叶子跟着我
谈论着这场大雨，
折断的树枝，
农夫的咒骂！

但我来回走动
在花园的这个角落，
绿色的嫩芽跟着我
赞美着这场大雨。

我们没有一起被诅咒，
叶子和我，

---

* 可能是对庞德的《同时代者》组诗（《诗刊》，1913年4月），尤其是《第二敬礼》的回应，其中庞德说到"刚从乡下来"。

取景框、花架
以及为这贫瘠的乡野
增添人气的其他方法。
诚然,正是一场很大的雨
让小叶子跟着我。

愿我有勇气

当青春不再在我身上的那一天,
我将在树顶上描写树叶和月亮!
那时我将唱起那久未完成的歌——
当青春的压力从我身上卸下时。

我怎能像人们所说的那样被写出来呢?
这肯定只是对那首长歌的一种干扰——
这,我现在正在做。

但当它的春天像古老的月亮一样蚀损,
被吃掉的叶子在冰冷的土地上成为花边时——
我就会在我伟大的愿望中奋起——
漫长的诞生——为我唱起那青春之歌!

给想要它的人 *
（1917）

---

*　此诗集于1917年在波士顿由四海出版公司出版,收录诗作52首,87页。标题原文是西班牙语"*Al Que Quiere!*"。威廉斯晚年谈及此诗集时说:"'Al Que Quiere!'这个短语,我的翻译是'给想要它的人';我总是把它与足球场上的一个人物相联系:给那个想要别人把球传给他的人。……我当时相信,诗歌界没人想要我,但我在那儿,愿意把球传给任何真想要它的人。"(威廉·卡洛斯·威廉斯:《我想写一首诗》,第19页)。原版诗集的护封上印有一段挑战性的话,声称其中诗作"野兽般有力,充满轻蔑而粗鲁",并且预言:"未来的诗人将会在其中挖掘,寻找材料,犹如今天的诗人在惠特曼的《草叶集》中挖掘一样。"——译注

地 下*

我在哪里可以找到你们?
你们,我到处寻找
来组成我的乐队的
古怪伙伴们!
没有,没有一个
具有我所需要的泥土味,
五月的灌木丛上微妙地
升起的刨地的自豪感。

你们这天在哪里?
你们,我的长着鞘翅的
七年的蝗虫!
啊,我的美人们,我多么渴望——
那将是你们降临之时的
丰收之日——
你们穿过禾草猛跃起来,
到杂草下面

---

* "我看到联合学校的一群孩子围着一条死狗跳跃。孩子们为这一景象而激动,就像一群印第安人孩子围着猎人带回来的熊跳来跳去。"(约翰·C. 瑟尔沃尔的笔记)

回应我，
这将令人满意！
那天，日光将跳跃和脆响
仿佛遭到百万下鞭笞！

哦，我拥有你们；是的，
你们某种意义上就在我周围：
在蓝色的池塘下玩耍——
那些是我的窗户，
但它们仍然把你们关在外面，
在那半明半暗的光线中。
因为简单的真相是
尽管我看见你们，足够清楚，
你们却不在那里！

不是那个——而是你们，
我想要的是你们！
——天哪，要是我能够测度
阴影的内脏多好！

你们，要随我一起来
冲入阴暗有味儿的
黑人住宅！
在一群围着一条死狗跳跃的
孩子们中间！
模仿

到富人的草坪上!
你们!
要跟我一起踮着脚尖走,
在天国之下头朝下,
鼻孔舔着风!

牧　歌[*]

　　我年轻些的时候

　　觉得显然

　　我必须有所成就。

　　现在大了些,

　　我走在背街

　　欣赏赤贫

　　人家的房子:

　　屋顶与屋墙不搭,

　　院子堆满

　　旧铁丝网、灰、

　　坏了的家具;

　　用酒桶木条

　　和木箱零件,一切,

　　造就的栅栏和杂物间——

　　要是我幸运的话——

　　涂抹着一种蓝绿色,

---

[*] "不知不觉地我在玩弄诗行形式,进入美国习语。"(约翰·C.瑟尔沃尔的笔记)"不懂古希腊语,我读了译本《忒奥克里托斯颂诗集》,觉得自己被牧歌体强烈吸引了。"(威廉·卡洛斯·威廉斯:《我想写一首诗》)——译注

被风雨剥蚀得恰到好处,
令我赏心悦目
胜过一切颜色。
　　　　没有人
会相信这
对国民有重大意义。

菊苣与雏菊*

一

把你的花朵举起
在苦涩的茎上
菊苣!
从烤焦的地面上
把它们举起来!
不生叶子
只全心全意
致力于此!
在花朵之下伸展
野兽都不吃的
你苦涩的茎——
并蔑视灰暗!
与它们一起进入炎热:
凉爽!

---

* 此诗发表于《顽童》1915年6月号时题为《抒情诗》,文字略繁。"我喜欢这首,因为在布局中去除了不重要的东西。我删减,删减,再删减。用直接的形象,感动我的视觉形象——然后再删减。这是压缩起来的,使它变得生动。"(约翰·C. 瑟尔沃尔的笔记)

繁盛！天蓝色！
大地开裂，
萎缩；
风可怜地哀鸣；
天空熄灭，
如果你失败。

二

我看见一个孩子拿着雏菊
要用来编入发辫
用她的牙齿
把花茎咬掉！

律动的形象*

杨树丛里有一只鸟!
那是太阳!
树叶是黄色的小鱼
在河里游动。
那鸟掠过它们,
白昼在他的翅膀上。
福玻斯①!
正是他在杨树中间
制造着耀眼的光芒!
正是他的歌吟
盖过了树叶
在风中撞击的噪声。

---

* 此诗发表于《诗刊》1915年5月号,文字稍异。"假如我按传统方式写,我也许早就把它在《大西洋月刊》上发表了。我无法按传统方式写,但我不是个好评论家,不足以分析其不同之处。我不被杂志接受是因为我反叛英国传统。"(约翰·C.瑟尔沃尔的笔记)"我有兴趣营造一个意象,在那意象在诗歌中流行之前。《律动的形象》这首诗就是一例。我受我母亲的静物画影响。我在寻找一个律动的形象——一个新的节拍。我找不到它也无法等它。我太没有耐心了,我不得不写。"(威廉·卡洛斯·威廉斯:《我想写一首诗》)——译注

① 福玻斯,古希腊神话中的太阳神,司音乐、诗歌诸艺。——译注

走路的女人 *

一股紫色烟云斜斜
遮过房子侧面和细小树木的
乳白色剪影——
一个小村子——
终止于一张灰色天空上
薄雾笼罩的树林的
锯齿边缘。

右边,突进去,
一角深红色屋顶。
左边,半棵树:

　　——再次在街上
看见你是多大的福气呀,
强有力的女人,
摇摆着屁股,

---

* 此诗最初发表于《自利者》1914年12月号,文字稍异。"这是一首关于一个穷人的诗。给我们送来蜂蜜和鸡蛋的那个女人,与古典牧歌里可爱的挤奶少女十分不同的一个形象,根本不是玛丽·安托万奈特之类的尤物。"(威廉·卡洛斯·威廉斯:《我想写一首诗》)——译注

乳房直挺着
肩膀柔韧，胳膊丰满
双手强壮、绵软（我摸过）
扛着沉重的筐子前来。
我真应该多见你几次！
不是为了你如此按时
给我们送来鸡蛋
而是另有原因。

是啊，你，像我一样年轻，
长着骨感的眉头，
善良的灰眼睛和善良的嘴；
你从那死寂的山边
走出，向我走来！
我真应该多见你几次。

海　鸥*

我的乡亲们，外面的大世界
有许多，跟它们在一起生活，
对我来说，比跟你们在一起更有利。
这些在我周围嗡嗡叫着，叫着！
我这方面就尽可能大声地回应它们，
但它们，无拘无束，飞过去了！
我还在原地！因此，请听我的！
因为你们不会很快就有另一位歌手。

首先我要说：你们已经看到
陌生的鸟儿，不是吗？有时候
冬天在我们的河上歇息。
那就让它们敦促你们好好想想那些
驱使许多人躲避的暴风雨吧。这些事情

---

* 1958年，WCW回忆说，这首诗写于1912年［发表于《自利者》1914年8月号］，在搬到山脊路9号之前。"我总是非常清楚我的同乡——我没有自己的官方哲学，就不得不发明一个。住在圣公会教堂的对面，我非常清楚这种古老的联系。礼拜天，我经常听到回应；当我听到全体告解时，我的血液沸腾了。我不觉得自己是个罪人，他们也没说我是。"（约翰·C. 瑟尔沃尔的笔记）

给想要它的人（1917）

发生并非无缘无故。

我说的下一件事是:
有一回,我看见一只老鹰摩云盘旋
在我们的一个主要教堂上空——
复活节,那是——一个美丽的日子![①]
三只海鸥从河面之上飞来,
缓缓过河,飞向大海!
哦,我知道你们有自己的赞美诗,我听过——
因为我知道它们召请某位伟大的保护者,
所以我不能对你们生气,不管
它们对真正的音乐有多大的侵害——

你们看,我们没有必要扑向彼此,
而且,正如我告诉过你们的,最终
海鸥非常安静地向大海移动。

[①] "那是一个美丽的日子;我意识到,我因为不顺从而被怀疑地审视。这是一首宗教诗。"(约翰·C. 瑟尔沃尔的笔记)

恳 求

你，如此强大，
深红的蝾螈，
请再听我一次。
我躺在烧了一半的树枝中间
在火的边缘。
恶魔正在潜入。
我感到那冰冷的指尖——

哦，深红的蝾螈！

给我一个小火苗，
一个！
好让我可以把它当作
护腕，绑在把我扔在这里
这里，正中心的
那个人①的手腕上！

这就是我的歌。

---

① "E. P." [埃兹拉·庞德]。（约翰·C. 瑟尔沃尔的笔记）

港口中*

确实,那里,在大码头中间,有和平,我的心,
那里有停泊在河里的船只。
出门去,胆小的孩子,
在大轮船中间舒服地待着,安静地交谈。
也许你甚至会在他们身边睡着,被
抱起放到他们的腿上,到了早晨——
总有一个早晨,在那时可以记住这一切!
他们在说什么闲话呢?上帝知道。
上帝知道这并不重要,因为我们听不懂他们的话。
然而,肯定与海有关,这一点是毫无疑问的。
这是一种安静的声音。休息!这是我现在关心的一切。
它们的气味会让我们马上入睡。
闻闻!那是在这里混入河里的海水——
至少看起来如此——也许是别的什么——但又有什么要紧呢?
海水!在这里安静而平滑!

---

* 此诗发表于《自利者》1914年8月号。"H. D. [希尔达·杜利特尔]喜欢这首——一种轻轻重三音节节奏。我那时还是个孩子。"(约翰·C. 瑟尔沃尔的笔记)

他们动作多么缓慢啊，一点一点尝试着移动
那些掉落且与他们的痛苦一道呻吟的缆绳。
是的，他们说的当然是有关大海的事。

冬季落日[*]

于是我抬起头
向外凝望
越过蓝色的二月荒野
直到蓝色山坡
那上面有星星
成串成链——
但在那上方：
一块不透明的
云的石头
正好搁在山顶
左边和右边
在我能见的范围内；
而在那之上
一条红带，然后
冰冷的蓝天！

在那个时候

---

[*] "冬日里那种突然袭来的无望感觉。这就是为什么我是一个用无望的自然烘托诗意的诗人。我是一个悲观主义者，我必须用我的靴带把自己提起来。我母亲是个喜怒无常的人，她的情绪影响了我。"（约翰·C. 瑟尔沃尔的笔记）

进入一个人的心里
是一件可怕的事；那块石头
在他们安置在那里的
那些眨眼的小星星之上。

辩 解

今天我为什么写作?

我们的无名之辈
可怕的脸
之美
触动了我:

有色女性
白班工人——
年老而有经验——
黄昏时回家,
身穿捡来的衣服,
脸就像
老佛罗伦萨橡树。

还有

你们的脸
那些成套零件触动了我——
头等公民——

但不是
以同一方式。

牧　歌*

小小麻雀

在人行道上

四处天真地跳跃，

尖着嗓子

争论着

那些令它们

感兴趣的事情。

可是更聪明的我们

却无论如何

都要把自己关起来；

没人知道

我们在动善念

还是恶念。

　　　　　同时，

那四处捡拾

椴树籽的老人

走在排水沟里

头也不抬；

---

* 此诗发表于《其他》1915年8月号，是一较早稿的修改稿。

他的步履

庄严，胜过

圣公会牧师

走向礼拜天

讲坛的步伐。

    这些事物

惊得我哑口无言。

情　歌*

雏菊绽开了
花瓣是当日的新闻
茎秆升到草丛顶端
它们缠在鞋上
从中间断开
剩下根和叶安然无恙。

黑色枝条
载着四方形的叶子
直到林梢。
它们抓得牢
哗一声炸开
露出白色！

你的情绪变化缓慢
如叶子的飘落
和确定无疑

---

* "这是个平静的时期，前性爱时期，尽管我已经结婚了。写给我妻子的《情歌》神秘、羞涩。我在试图讲述爱情的力量，如何能够连根拔起整棵橡树。"（威廉·卡洛斯·威廉斯：《我想写一首诗》）——译注

五月里的回归!

我们漫步
在你父亲的小树林里
看见硕大的橡树
躺倒在地
根从地下拔出。

马·博*

冬天出于嫉妒
消费了这雪,但春天来了!
他坐在早餐桌前
头发黄黄的
甚至蔑视屋外
穿着晶亮的拖鞋
走路的太阳:

他朝外望,一座
剧院前面
有一片灯光——
一位亮闪闪的女士
快步走向
她那四轮马车的
私密空间。

---

* 此诗发表于《诗刊》1916年12月号,文字稍异。马·博,即马克斯韦尔·博登海姆(1892—1954),美国诗人兼小说家,生活放荡不羁,号称"格林尼治村波希米亚人之王",居无定所,最终死于非命。威廉斯喜欢他又可怜他,曾让他在家中暂住,并在《其他》杂志上发表他的作品。"'马·博'是马克斯韦尔·博登海姆,在我看来像个戏剧人物。"(威廉·卡洛斯·威廉斯:《我想写一首诗》)——译注

　　　　很快
在一个借住的房间
肮脏、起波浪的天穹下他将制造
反复吸入的烟草烟雾
他的云团,用来测试
天空的界限!

传道文*

乡亲们，我要教你们
怎样举行葬礼，
因为你们要为一大批艺术家
操办——
除非有人将游历世界——
你们的常识已足够。

瞧！灵车在前。
我就从灵车设计开始。
千万不要用黑色——
也别用白色——不用抛光！
就让它被风雨剥蚀——像一挂农家马车——

---

* 此诗最初发表于《其他》1916年2月号，有135行，收入《给想要它的人》中时删减为70行。"我厌烦了在成长阶段所写的一切。那时我总是在寻找诗行的规则格式，就像我在生活中想要有规——可循。可是我认为我的朋友们都是他妈的傻瓜，因为他们不知道任何更好的生活方式。然而他们比我更好地因循一种规范。我想因循但做不到，所以我写自己的诗。"（约翰·C.瑟尔沃尔的笔记）"《传道文》是人们总是要求我朗读的一首诗，我想是因为它几乎有个叙事系列。"（威廉·卡洛斯·威廉斯：《我想写一首诗》）据肯尼思·伯克说，此诗还曾由牧师在威廉斯的葬礼上朗读，作为对诗人的最后道别。——译注

车轮涂金（花不多的钱
就可以涂饰一新）
要么根本就不用轮子：
用一挂粗陋的雪橇在地上拖。

把玻璃都敲掉！
天哪——玻璃，乡亲们！
有什么用？是供死人
向外张望，是供我们看
他住得有多好，还是看
有没有放鲜花——
还是怎么地？
是为了不让雨雪淋着他？
他不久就要遭受更猛烈的暴雨：
石头和土块什么的。
就不要用玻璃了吧——
车内也不用装饰，呸！
车底不用铜制的小滚轴，
也不用小滑轮——
乡亲们，你们意下如何？

就这么一辆粗陋的灵车，
车轮涂金，车顶没篷。
车上载着棺材，
别无长物。

给想要它的人（1917）

可别用花圈——
尤其不要用温室里的花朵。
最好放一些普通的纪念品，
他所珍爱且有标志性的东西：
他的旧衣服——或许还有一些书——
天知道什么东西！你们清楚地知道
在这些东西周围我们是一副什么样子，
乡亲们——
会找到一些东西的——任何东西——
甚至鲜花，如果实在没办法了。
灵车就讲到这儿。

千万要留心那赶车的！
把那缎子帽摘掉！其实
那根本就不是他的位置——
就在那上边儿随随便便，
神气活现地把我们的朋友拉出去！
把他拽下来——把他拽下来！
低调，别招摇！我根本不愿让他
坐在车上——去他的吧——
这给殡葬师打下手的！
让他牵着缰绳
在旁边走，
还不要太显眼！

至于你们，再简单说几句：

跟在后边走——就像法国人那样，
第七等级，要是你们搭车的话，
干脆去死好了！在路上要显出
一点儿不自在；露天而坐——
任风吹雨淋，一如任悲痛袭来。
还是说你们以为能把悲痛关在心里？
什么——不在我们面前流露？我们也许没有
什么可失去的。让我们分担吧
跟我们分享吧——那应该是
你们口袋里的钱。

    现在走吧
我想你们都准备好了。

散　步[*]

一

嗯，注意，在这里我们有
我们的小儿子在我们身边。
早餐前的小小消遣！
来，我们在路上走走
直到培根煎好为止。
我们最好还是闲着？
也许能闲出一首诗来？
哦，人尽其用吧。省得
让弗洛丝烦心，而且——这风！
很冷。把我们的旧裤子
都吹炸了！让我们发抖！
看那些沉重的树木
在风面前移动着它们的重心。
让我们成为树木、一栋老房子、
一座长草的山！
婴儿的手臂是蓝色的。

---

[*] 这首诗"是关于我儿子比利的，他刚出生的时候"（威廉·卡洛斯·威廉斯：《我想写一首诗》）。

来,动起来!安静下来!

二

那么。我们现在要坐在这里
把卵石抛进
这细水流里。

    溅起水花来!
(溅起水花来,乖儿!)大笑吧!
砸那草下面的深处。
看水花溅起!啊,小心,
看水花溅起!水是活的!
把树叶的碎片
扔进去。它们会漂过去的。
不!对——刚好!

现在去找牛!但是——
太冷了!
天快黑了。
要下雨了。
不能再走远了!

三

哦,那么,一个花环!咱们来

更新他们曾经写得
很好的东西吧。
两根蕨类植物的羽毛。沿一边
剥光它们到中段肋骨。
用一根草茎绑住末梢。
弯曲并在后面把两根茎
编结起来。这样!
啊!现在我们被加冠了!
现在我们是一个诗人了!
快!
一束小花
给弗洛丝——只有
小的:
　　　　一朵红三叶草花、一朵
蓝万灵草花、一枝
贯叶泽兰、一朵报春花、
一头印度烟草,这个
洋红点点和这个
小薰衣草!
　　　现在回家吧,我这脑筋!——
乖儿的胳膊冰冰凉,我告诉你——
吃早饭吧!

那 人*

你赐予我的是一种
奇特的勇气,古老的星:

在日出之中独自闪耀,
对日出你丝毫不献殷勤!

---

* 此诗最初发表于《其他》1916年12月号。标题原文是西班牙语"El Hombre",可能出自危地马拉著名作家拉斐尔·阿雷瓦洛·马丁内兹的短篇小说《长得像马的男人》("El Hombre que paracia un caballo",1915),WCW翻译过这篇小说。"华莱士·史蒂文斯曾写信称赞此诗并把它用作他自己的一首诗的第一段。我深受感动。"(威廉·卡洛斯·威廉斯:《我想写一首诗》)——译注

英 雄[*]

傻瓜,
把你的冒险经历
放进那些东西里[①],
它们劈开大船——
而非女性肉体。

在那里让
四大洋的水,
四方天空的气
涤荡
心灵!

空着肚子、眼光犀利、
硬邦邦地回来!
一两个平常的伤疤。

---

[*] "'英雄'是军事英雄,不是拜伦勋爵那样的浪漫英雄。我的英雄在英勇的时刻与女人无关。他在面对危险、死亡。"(威廉·卡洛斯·威廉斯:《我想写一首诗》)"我能够面对必要的一切,但我不去找它——就像奥德修斯。"(约翰·C. 瑟尔沃尔的笔记)——译注

[①] "驱使男人去面对大自然的凶险的任何事物。阿尔戈英雄。所有男人都想脱离家庭的限制——去参战。"(约翰·C. 瑟尔沃尔的笔记)

小女孩会前来
带给你
插扣眼的玫瑰。

自由!平等!博爱!*

你这闷闷不乐的人猪
你用你那臭烘烘的垃圾车
把我挤到了泥里!

兄弟!
　　——要是我们阔气的话
我们就会挺起胸膛
把头抬得高高的!

是梦想毁了我们。

没有比驾马赶车
更荣耀的了。
我们弓着背坐在一起沉思
我们的命运。

　　　　呃——
万事最终都变得苦涩

---

* 标题原文是西班牙语"Libertad! Igualdad! Fraternidad!"。——译注

无论你选择右边还是
左边的道路
         而——
梦想并不是坏事。

斑　蝥*

那老黑人向我比画

他年轻时

如何被六个女人

吓到了，她们

跳着舞蹈套路，裙子搂起

到胸部，底下

赤裸裸的：

　　　　　肚皮向前甩

膝盖飞扬！

　　　　　——同时

他的手势，在又脏又暗的

厕所的瓷砖墙前面，

随着他旧日情感的

熟悉音乐狂喜地

　　　　　挥动着。

---

* "《斑蝥》是西班牙蝇及有关传说。一个老黑人，马绍尔先生，讲给我听的，如果你给女人吃了它，她们就发疯了，你就会得到你渴望的，一个不知满足的女人。他对她们的描述把她们所有的一切都暴露给风了，我觉得是个诗的时机，于是就写了这首诗。"（威廉·卡洛斯·威廉斯：《我想写一首诗》）

母　者*

哦，黑色波斯猫
你的一生不是
受了诅咒要不断生崽吧？
我们把你送到那个老旧的
美国佬农场去休养——那么清净
还有那么多田鼠
在高高的草丛里——
你却回到我们身边
肚子大成这样子——！

哦，黑色波斯猫。

---

* "'母者'——我们奇妙的母猫奇蒂……诗的最后一句会告诉你我们不断的母猫奇蒂困境。"（威廉·卡洛斯·威廉斯：《我想写一首诗》）

夏 歌

漫游者月亮
你微笑着
一丝嘲讽的微笑
面对这
明丽的、露湿的
夏日清晨——
一丝超然的
惺忪冷漠的
微笑，一丝
漫游者的微笑——
假如我
买一件你那样
颜色的衬衫
戴上一条天蓝色
领带
它们会把我载往何处？[①]

[①] 此诗最初发表于《诗刊》1916 年 11 月号，末尾还另有三行："翻过山丘/到远处去？/它们会把我载往何处？"

情　歌

把房屋打扫干净，
在窗户里面
挂上新窗帘，
穿上新衣裙
跟我一起来！
从白色的空中
榆树正在抛洒
它那气味
香甜①的小面包！

在未来的时代
谁将听说我们？
就让他说曾经
有一股骤然的芳香
来自黑色的枝头。

---

① "意识到我的女朋友弗洛丝的在场。"（约翰·C. 瑟尔沃尔的笔记）

外国的

阿尔志跋绥夫[①]是俄国人。
我是美国人。
乡亲们,咱们来想想看,
阿尔志跋绥夫是否像我一样
照看他自己的火,由于宝宝
长得不壮实而遭辱骂,
为给他打扫客厅的女人
打开窗户——
或者他是否有麻利的仆人
和一个安静的书房,也许
有一个知书达理的妻子而
没有孩子——在一条背街
某处有一套公寓或者
独自居住或跟母亲
或妹妹一起住——

乡亲们,我想知道,

[①] 米哈伊尔·彼得罗维奇·阿尔志跋绥夫(1878—1927),俄国自然主义小说家兼剧作家,具有多民族血统,其小说《赛宁》以肉欲描写和理论而引起争议。——译注

阿尔志跋绥夫是否更为
关切地看待自己
或比我在放倒这个世界方面
做得更成功。

我想知道在他心目中
哪个是更大的傻瓜。

这些都是闪光的话题
乡亲们，但是——
难登大雅之堂。

序　曲*

我只知道今天的光秃岩石。
在其中躺着我褐色的海草——
绿色的石英矿脉弯曲贯穿潮湿的页岩；
在其中躺着海潮留下的我的水洼——
平静的、失忆的海浪；
在其上白色的海星变僵
在其上我光着脚滑跌！

鱼儿似的空气的低语触摸我的身体；
"姐妹们"，我对她们说。

---

* 此诗发表于《其他》1916 年 12 月号时题为《新序曲》。"萨文岩石海岸，我喜爱的环境。"（约翰·C. 瑟尔沃尔的笔记）萨文岩石海岸在美国康涅狄格州西黑文市。

历 史*

一

一阵风可能会把一片莲花瓣
吹过金字塔尖——但不是这种风。

夏天是一片干枯的叶子。

树叶在被烘烤的柏油路上朝这边
又朝那边翻动,汽车的
轮子从叶子上面碾过——
　　汽油的气味混合树叶的气味。

啊,星期天,礼拜的日子!!!

通往博物馆的台阶很高。
礼拜者进进出出。

---

* WCW称这首诗是"《三月》情绪的延续"(约翰·C. 瑟尔沃尔的笔记)。《三月》在《早期诗合集》中排在《历史》前面。描写的场景是纽约市大都会艺术博物馆。1913年,博物馆获得了晚期埃及乌雷什-诺佛的石棺,乌雷什-诺佛是姆特女神的一个祭司。石棺的盖上是天空女神努特的形象。

给想要它的人(1917)　129

今天没人来这里。
我来这里是为了混合从陵墓里
挖出的彩陶、绿松石色的
项链和从胃里打出的
嗝儿；纹路精美的玛瑙
盆，有裂纹，有褪色还有
陈旧的尿液的臭味！

进来吧！从门口挤进来。
男？女？
忸忸怩怩，陶土神灵面孔数着数
通过旋转门。
　　　　　啊！

二

这口石棺里装着
万物之母、女神姆特的祭司
乌雷什-诺佛的尸体——

用你的手指摸摸这边缘！
——这儿有凿痕！——想想
被容忍了六千年的傲慢，
没有一点瑕疵！

但是，爱是一种油，可以使身体防腐。

爱是一包香料,是一种气味
浓烈的液体,可以喷到
大腿里。不是吗?
爱抹在秃头上会使
头发——然后呢?爱是
虱子的梳篦者!

    粪堆上的蚊蚋!

"凿子在你手中,石块
在你面前,按我的指示切割:
这是天空女神的祭司
乌雷什-诺佛的棺材——要造得
永垂不朽!
   在里面用
几行三指高的象形文字
刻上我的死亡的形象。
上面盖一个盖子,上刻姆特俯临
大地,作为我的头饰,在被
选中的那年,我将起来,盖子
将被掀开,我要在他们
安置我于其中的神庙周围走动
并吃那地方的空气:

啊——这些墙很高!这
很协调。"

三

祭司已经进入他的坟墓了。
石头已经占据了他的魂魄!
花岗岩盖在肉体之上:谁会否认
其优势?

你的死?——水
洒在地上——
尽管水会再度上升进入玫瑰花瓣——
但是你?——仍会保有生命,
即便作为一种记忆,当生命结束的时候。
仁爱之心是罕见的。

爬上这石棺四周,读读
这些象形文字为你写下的,
它们坚硬如承载它们的花岗岩,
用如此柔软的手,这会儿
你自己的肉体已经五十遍
穿过牛的内脏,——读吧!
"我,即这唯一肉体,对你们说,
玫瑰树会有人捐赠的,
纵然他吝于施与。
有的人施与可以持续
十年,有的人施与二十年,

有的人施与可以直到
宫庙朽烂,被拆掉。
有的人施与一千年给一国
之人,有的人一千年
给所有人,有少数人给所有人,
而花岗岩能抵御风雨
侵蚀。
  那就对爱做评判吧!"

四

"我的肉体变成了石头。我
忍受了我的夏季。花瓣
飘落的时节已经结束。用手指
按在这花岗岩上。我深受
众多喜爱者仰慕
和充分爱抚,但我的肉体
迅速枯萎,我的心却
永不满足。把你的手放在
这花岗岩上,就像恋人把
手放在他身边的女人
大腿上和她那圆圆的乳房
上,因为现在我不会枯萎,
现在我已经抛开隐秘,现在
我已经赤身裸体走到了街上,
现在我已经把我沉重的美散布

在开放的市场上。
我在这里高昂着头，怀着一颗
燃烧的心热切地等待着
你的爱抚，无论你是谁，
因为花岗岩虽坚硬，却比不上
我的爱开放，奔放在你们中间！

我，傲然对抗死亡！我，
已经忍受过了！我，历经岁月
而衰朽！"

五

但现在五点钟了。来吧！
生活是美好的——享受吧！
趁着天还亮，到公园里去走走。
我和你一起去。看！这
北方的风景不是尼罗河，而是——
这些长椅——黄和紫的暮色——
那边的月亮——这些疲惫的人们——
水面上的灯光！

这些不是犹太人和——埃塞俄比亚人吗？
这世界是年轻的，确实！年轻
而多彩，就像——一个遇到了
爱人的女孩！这样行吗？

冬日寂静

    与变白的草一起
    肢体对肢体，嘴对嘴
    银色的薄雾躺在后院
    加盖的小屋中间。
              低矮的树
    笨拙地朝它旋舞而去——
    一只脚趾立地旋转着；
    大树微笑着向上
              瞟着！
    由于兴奋遭到压抑而紧张
    篱笆注视着地面
    因狂喜而耸起酸痛的肩膀
                  之处。

黎 明

欣喜若狂的鸟唱
带着金属的铿锵
猛敲天空的空旷——
把色彩敲入它
遥远的边缘——敲,敲,
怀着昂扬、胜利的热情——
把它搅得温暖起来,
在其中催生一种蔓延的变化——
在它烘托之下狂野地喷薄而出,与此同时
一个沉重的太阳,分开地平线
托起自己——被托起——
一点一点高过万物的
边缘——终于自由地跑
出来到露天之地里——!迟缓地
在完全解脱的荣耀中上升——
      鸟唱停止。

良　夜*

在明晃晃的汽灯光下
我拧开厨房水龙头
看着自来水哗哗地流
进干净的白水槽里。
有细细切痕的沥水板上
一边是
一只玻璃杯盛满香芹——
脆脆、绿绿的。
　　　　　　等着
水晾凉——
我瞥一眼无瑕的地板——
一双橡胶凉鞋
并排躺在
壁桌下面
一切为夜晚准备就绪过夜。

---

* "试着尽可能准确而有节奏地描写正在发生的事情。但不是用丁尼生式的诗体。不是普罗旺斯的女孩而是我的时代和地方的女孩。"（约翰·C. 瑟尔沃尔的笔记）阿尔弗雷德·丁尼生（1809—1892）是英国桂冠诗人，所作诗律谨严，技巧娴熟。——译注

给想要它的人（1917）

等着,我手里端着玻璃杯
——三个身着深红绸缎的女孩
在那熙攘的歌剧
人声渐稀的背景前
紧挨我面前走过——
   那是
扮演着丑角的记忆——
三个模糊、无意义的女孩
充满气味和
衣料摩擦衣料
小拖鞋摩擦地毯的
窸窸窣窣的声音——
大声说着的
高中法语!

一只玻璃杯里的香芹,
平静而闪亮,
把我拽了回来。我喝了饮料
美美地打个哈欠。
我准备上床了。

俄罗斯舞*

假如我在妻子正睡着，

婴儿①和凯诗琳②

正睡着，

太阳在闪亮的树丛之上

丝绸似的薄雾中

是个白炽的圆盘时——

假如我在北屋里

裸舞，古怪地

在镜子前面

绕着头顶挥动衬衫

轻声对自己唱着：

"我寂寞，寂寞。

我生而寂寞，

我这样最好！"

假如在拉下的黄色百叶窗前

---

* 此诗最初发表于《其他》1916年12月号。俄罗斯艺术评论家兼导演塞尔日·加吉列夫（1872—1929）创建的俄罗斯芭蕾舞团于1916年在纽约访问演出，其中有芭蕾舞大师瓦斯拉夫·尼金斯基（1890—1950）。标题原文是法语"Danse Russe"。——译注

① 婴儿，似应指生于1914年1月的诗人的长子威廉。——译注

② 凯诗琳，诗人家的保姆凯诗琳·麦克布莱德。

我欣赏我的胳膊,我的脸,
我的肩膀、两胁、屁股——

谁又会说我不是
我家的快乐吉神①呢?

---

① 吉神,原文"genius",此处半音半义译,系古罗马民间信仰的家神,相当于我国的灶神。——译注

一个卧床女人的写真*

有我的东西
晾在角落里:
那条蓝裙子
连着灰衬衫——

我厌倦了麻烦!
如果你想要我
就掀开被子,
你会看到
我其余的衣服——
虽说什么都不穿
躺着会冷!

我不工作,
我没有现金。

---

* 这首诗是WCW关于罗比查太太,"一个波兰女人,城堡的厨娘",与"穷人的监管者端纳先生"对峙时"发生了什么的想法",后者试图将她赶出她的房子。"我想把她扔到镇民的脸上。妓女都比我的同镇乡亲好。"(约翰·C. 瑟尔沃尔的笔记)此诗发表于《其他》1916年12月号,其中的发言者罗比查太太也是WCW在《其他》1919年4—5月号上发表的剧本《伊莱亚·布罗比查的喜剧人生》中的主角。

对这种情况
你怎么办?
——也没有珠宝
(疯狂的傻瓜们)

但我有两只眼睛
和一张光滑的脸,
还有这个!看!
它很高![①]
这里面
有脑仁儿和血——
我姓罗比查!
胸衣
可以去见鬼——
抽屉也一道去——
我在乎什么!

我的两个儿子呢?
——他们很优秀!
让富有的女士
照顾他们吧——
他们会打败全校的
要么
就让他们去贫民窟——

---

① "额头。"(约翰·C. 瑟尔沃尔的笔记)

那就没有麻烦了。

这房子是空的,
不是吗?
那它就是我的,
因为我需要它。
哦,有圣经
让他们养活我,
我才不愿意饿死呢。

如果你想找麻烦,
就试试来帮我
要么就别理我——
那就没有麻烦了。

县里的医生
是个该死的傻瓜,
而你
可以去死了!

你进来的时候
本来可以把门关上的;
出去的时候再关吧。
我累了。

美 德[*]

现在？为什么——

橙色和紫色火焰的

漩涡

绿色地面上的

铬黄色羽毛卷儿

漏下到

疯狂的太阳自己的

蒸汽腾腾的阳物头上——

变黑的深红色！

     现在？

为什么——

这是她的微笑

她的气味

她那粗俗诱人的嘴！

这是——哦，没什么新的

没什么足够

---

[*] "'美德'在《帕特森》第五卷中被拟人化为处女，生了个孩子。"（约翰·C. 瑟尔沃尔的笔记）

恒久，没什么值得
付诸兴趣，
没什么——
只是一道目光
实在地凝视着虚空！

来吧！这里有——
长着斗鸡眼的男人们，一个
戴眼罩的男孩，穿着衬衫
走路的男人们，戴着帽子的男人们，
黝黑的男人们，一个留着
小黑胡子、穿着
肮脏的白大褂的苍白男人，
长着胖脸、瘦脸、
歪瓜脸、眯缝眼、灰眼珠、
黑眼珠的肥胖男人们，
留着肮脏胡须的老男人们，
穿着马甲、挂着
金表链的男人们。来吧！

征　服

（献给 F. W.）*

　　坚硬、寒冷的颜色：
　　草灰色、霜灰色、
　　冰冻地面的灰色，
　　而你，太阳啊，
　　靠近地平线之上！
　　是我抱着你——
　　半靠着天空
　　半靠着一根黑色的树干
　　冰冷而灿烂！

　　躺在那里，蓝色的城市，终于是我的了——
　　给堆摞的蓝灰色镶着边，
　　起来，难以形容的烟黄色
　　进入压倒性的白色之中！

---

* F. W. 指弗洛伦丝·威廉斯，诗人的妻子。——译注

一个心脏不好的青年的写真

我看见过她吗?
只是透过窗子
隔着大街。

假如我去街角
会见她
某个该死的蠢货
就会去向老头
嚼舌头那
她就要遭殃了。
他是个古怪的老野种!
每回他看见我
你会认为
我想杀了他。
但我想通了
最好还是让事情
保持原状吧——
至少暂时如此。

放弃

世上你最
想要的东西
很难，可是我
这该死的心脏
很可能会衰竭……

她是个好孩子
我不愿意伤害她
可如果她能过得去——

那就最好。

凯勒·吉根大师[*]

您是否，愿意看到——
又一个年轻人
在他的欢爱之夜
匆匆赶去告解：
沿着排水沟走下去
横过一条街
走进一个为您
敞开的门道——
像一朵硕大的花——
一个充满灯光的房间；
或在某个风跳舞的下午
顺从地把他自己
旋转到
蜿蜒的山路上；
为您躺在
一堵墙的无用的
黑暗中，让星星伴着

---

[*] 此诗发表于《其他》1916年12月号。"效仿马修·阿诺德的榜样，对宗教之沦丧的意识。"（约翰·C. 瑟尔沃尔的笔记）马修·阿诺德（1822—1888），英国诗人、评论家、教育家，对时弊多有理性批判。——译注

一片叶子的脆裂声跳舞——

并且——他的头侧向一边——
从他的大拇指凹陷处
(偷偷地) 吸食
那苦涩的粉末,
接受您的祝福,然后
回家睡觉?

而不愿看到——
无论您喜欢与否——
一个黑暗的散发着醋味的地方,
那里流淌出
大笑声爆发前的
轻轻笑声。

大笑在午夜敲响。

闻闻！*

哦，我的脊梁坚挺、孔洞幽深的
鼻子！你有什么不会闻的？
我们是多么蠢的驴子，你和我，骨感的鼻子，
总是不加分别，总是不知羞耻；
现在，那是蓬乱的白杨树正变酸臭的
花儿：树下面的湿土上一摊
腐烂的糨糊。带着多么深的渴望
我们催动我们的欲望
够到那正在逝去的春光的恶臭味！
你就不能正经一点儿吗？你就不能收敛一点儿你对
不那么可爱的东西的热情吗？如果我们继续这样
下去，你认为，什么样的女孩会喜欢我们呢？
你一定要品尝一切吗？你一定要了解一切吗？
你一定要参与一切吗？

---

* 此诗发表于《诗刊》1917 年 7 月号。"感官的警觉性从一开始就是我的主题之一。我热衷于任何感觉——感性的，所有感官的。我不想喝酒，因为它可能会使我的感官变迟钝。"（约翰·C. 瑟尔沃尔的笔记）

芭 蕾*

你不厌倦吗,

巨大的金十字架

在风中闪闪发亮——

你难道不厌倦

看着星星

在你上方转动,

太阳

去休息,

而你与一个巨大的谎言

凝固在一起,

使你

身为骑士

僵化在大理石棺上?

——你呢?

更高,依然,

---

* "我当时受意象主义技巧的影响太大。当我看着我们这个时代的男孩女孩的所作所为时,我不知道我是否喜欢。读者必须从形象的生动中推断出意义来。"(约翰·C. 瑟尔沃尔的笔记)

　　　　　知更鸟，
正从光秃秃的
树梢上
解下一支歌，
你难道不
厌倦劳作，
哪怕是一支歌的
劳作?

下来——加入我吧!
因为我寂寞。

首先，将是
一个安静的步子
以缓解我们的僵硬
但西边泛黄的时候
你将会准备好!
在道路
中间这儿
我们要纵身
与尘土百合
一同旋转
直到我们被它们
缠绕的茎捆住!
我们要用
闪电般的手臂

扯下它们的花!

而当
吃惊的星星
拉开
它们的窗帘时
它们将看到我们
筋疲力尽地倒在
车轮和
重踏的
马蹄
将碾出
我们的笑声之处。

令人同情的一个孩子的写真*

那凶手的小女儿
还不满十岁
朝左右
耸动着肩膀
以便不用转身
就能瞥见我。

她那双皮包骨的胳膊
这样子合抱
起来,然后那样子
反过来裹着身子!
紧张地
她揉捏着眼前的
草帽
歪着头
以加深阴影——
兴奋地微笑着!

---

* 此诗发表于《其他》1916年2月号时题为《中刀》。

她尽可能
在大太阳下
躲藏
她那双缆绳似的腿
在小花裙下扭动着
从大腿中段到脚踝
裸露着——

她为什么选中了我
来试那把
沿着她的笑意飞来的刀子呢?

大怪物*

甜美的孩子，
长着一双美腿的小姑娘
你摸不着我放在
你上、下、周围的念头。
这是幸运的，因为否则
它们会把你烧成灰的。
你的花瓣都会卷起来的。

这一切你都不懂——无疑，
但是你感觉得到
细毛刺的拂扫；
你全身未定型的轮廓线
向我证实了这点；
还有你对我的害怕，
你的害羞；
同样还有你推着的
玩具婴儿车——

---

* 此诗发表于《其他》1915 年 8 月号。"我同情她，但不得不小心谨慎。拿此诗与《用强》[诗人的短篇小说]中的强奸暗示做比较。"（约翰·C. 瑟尔沃尔的笔记）

给想要它的人（1917）

另外，母亲已经开始
把你的头发梳成鬏鬏了。
这些都是我的理由。

机　锋*

爱就像水或空气
我的老乡；
它净化，稀释有害气体。
它还像诗一样
而且因为同样的缘故。

爱是如此珍贵
我的老乡
我要是你的话就
把它牢牢锁起——
就像空气或大西洋，或
像诗一样！

---

* "因为埃兹拉·庞德和我曾经是击剑爱好者。"（约翰·C. 瑟尔沃尔的笔记）。标题原文"Riposte"是击剑术语，义为防守反击，又引申为机敏的回答；此诗似乎是对庞德的回应，故此处译为"机锋"。——译注

老男人[*]

　　研究过城里

　　每一场大腿舞的

　　老男人

　　被洒了香水的音乐

　　切断触觉的老男人——

　　以全神贯注的

　　静默态度

　　站在整个

　　剧场前面的

　　光秃或剪了毛的脑壳——

　　比年轻人

　　甚至比内心

　　是一条有弧光灯的街道

　　脸色阴暗的丈夫们

　　有优先权的老男人。

　　我们替他们找不到

　　借口的孤独老男人——

---

[*] 此诗最初发表于《其他》1916年12月号。"我曾有过这样的想法：老年将使性欲平静，美将取而代之。艺术比性更重要。"（约翰·C. 瑟尔沃尔的笔记）

我因那些毁谤你们的人
羞愧地低下头。
老男人
性无能的平和啤酒
属于你们!

牧 歌

如果我说我听见了些声音
谁会相信我?

　"谁也不曾把手浸入
　天空的黑水中
　也不曾采撷在清爽的
　茎上摇摆的黄百合
　没有哪棵树曾经
　等待得够久够静
　与月亮触碰过手指。"

我看了看,有一些小青蛙
喉咙鼓了出来
在黏液中唱着歌。

春天的旋律*

在因欲望而勃起指向天空的
成群蓝灰色花蕾那细如薄纱的
单调音中——
  紧张的蓝灰色树枝
纤细地把它们锚定下来,把它们
朝里拖——

  两只蓝灰色的鸟在追赶
第三只,争斗,画着圆、角,
迅速汇合到一个点,又瞬间
炸开!

  震颤的弓起的肢体
向下拽着,吸入从后面
鼓起的天空,天空在它们身后
用弥补的裂缝、岩石的蓝色
和肮脏的橙色涂抹自身!

---

* 此诗发表于《其他》1916年12月号。WCW说这首诗是根据他1909年在德国的经历写的:"我经常一个人爬托恩山,从一个峭壁跳到另一个峭壁。"(约翰·C.瑟尔沃尔的笔记)

　　　　但是——
（抓住坚硬、枝杈僵硬的树!）
耀眼和红边的太阳糊糊——
潜行的能量、集中的
反作用力——把天空、花蕾、树木焊接起来，
把它们铆接在同一个紧凑的支架上!

扎透! 拉动这整个
反向拉动的一团向上，向右，
甚至用一股正在拔松那主根的
极强的牵引力把不透明的、
尚未明确的地面也钩牢!

在蓝灰色花蕾那细如薄纱的单调音上
两只蓝灰色的鸟，追赶着第三只，
全力啼叫! 现在它们被
向外向上抛去——突然消失了!

树　木[*]

虬曲的、黑色的树
在你那灰黑色的小土丘上，
向无限的夜之峰巅
可笑地迈了一步：
就连你们，那几颗灰色的星星，
都向上画成一个粗线条的
模糊旋律。

你如此弯曲，由于竭力
对抗北风的猛烈
横扫——在你的下面，
杨树的黄色长音符多么轻易地
在下降的音阶中向上
流动，每个音符都安于自己的
姿势——奇异地交织着。

所有声音都情愿混合在一起
对抗暗夜此起彼伏的

---

[*] "后院的橡树。"（约翰·C. 瑟尔沃尔的笔记）

倍低音,唯独你
急切之中
充满激情地把自己扭曲到一边。

穿灰衣的肖像*

难道永远不可能

把你与你的灰色分开吗？

你一定总是要向后沉入

你那灰褐色的风景中——树木

总是在远处，总是背衬着

一片灰色的天空吗？

   我一定总是要

与你背道而驰吗？难道就没有地方

我们可以在那里和平相处

我们彼此分离的运动

可以在那里彻底终止吗？

   我看见自己

正站在你肩膀上触摸着

一片灰色、残破的天空——

可是你，在我的重压下，

---

* 诗人表示此诗是关于其妻的："较长的诗行以给予平静的沉思效果。遗憾的是我们不为同样的事物兴奋。"（约翰·C.瑟尔沃尔的笔记）在这一时期的诗中，"灰色"似乎特别与弗洛丝·威廉斯有关。灰色是"弗洛丝最喜欢的颜色。"（见威廉·卡洛斯·威廉斯：《威廉·卡洛斯·威廉斯自传》，新方向出版社，1951年）——译注

却紧攥着我的脚踝——吃力地
    继续前行，
在平坦而不被色彩打扰的地方。

邀 请

你有精明的头脑
给我选了这样一位母亲,
你有冷漠的心
创造了我,
你走向某些痛苦
撒手丢下我
在成形的阶段——
(也许多半是为此
我感谢你)
    可是你
用一颗铁头,最初,
极凶猛地用极强烈的爱
把我虐待成坚强,
你,老垂肉——
我到达了
正自学大笑的
阶段。
    来吧,
跟我一起散散步。

嬉游曲＊

穿棕色大衣的
悲惨的小女人——
　　　　　　别哭嚎啦！
我的手给你！
我们将沿着主干大街的
白铁皮檐口快跑
用我们的脚趾尖
轻点着晦暗的屋顶轮廓线！
远离河岸跑跳！一个
绕着白色旗杆旋转的风车。

同时我要给你唱个曲儿
会把你的肚子笑破
唱的是约翰·塞巴斯蒂安·巴赫，
音乐之父，他有
三个老婆和二十二个孩子。

＊　标题原文是西班牙语"Divertimiento"。——译注

一月的早晨

（组曲）

一

我发现，旅行中
大部分美景都是由于
我们掐着异常的钟点去看它们：

烟笼雾锁的黎明衬托下
韦霍肯的保禄派教父
教堂的圆顶——为之心动——
就像多年期盼之后走近的
圣彼得大教堂那样美。

二

尽管手术被推迟了
但我看到那些高大的实习生
穿着褐色制服
     仍急匆匆去吃早餐！

三

——从地下室入口出来
头梳得整齐、留着齐整的小胡子、
穿着仔细刷过的大衣的
中年绅士们

四

——太阳,蘸入
给座座不规则的红色小房
顶加条纹的林荫道,
                  而
欢快的影子下落又下落着。

五

———匹小马,肩上披着
绿色的被子,晃着头:
龇着牙,鼻孔朝天!

六

——一个旧垃圾桶中迸发出的
一团火边围着的半圈灰土色的
男人们

七

     ——破旧的、
蓝色的车轨（像天空一样！）
在鹅卵石中间闪闪发亮！

八

——还有那艘摇摇欲坠的渡船"阿登号"！
在这些大码头中间——在这常新的河上——
被叫做"阿登号"的是个
什么样的物体啊！
     "给我放一块试金石
在舵轮上，白鸥，我们将
随着半月号的幽灵
到西北通道——并通过！
（在奥尔巴尼！）不顾一切！"

九

精致的棕色波浪——长串的
银色小圆圈在你们之上活动！
你们中间有足够的正在破碎的冰壳！
天空向你们飘落下来了，
比小气泡还轻，与你们
面对面！

  他的精神是
一只白鸥,长着精致的粉红脚
和雪白的胸,可以让你
精致地捧起到唇边!

十

年轻的医生在快乐地跳舞,
在亮闪闪的风中,独自
在渡船的船头!他注意到
菜花似的藤壶和退潮后
留在泊船处的破碎冰壳,
想到夏天和翠绿的
苦草中间绿色贝壳
    覆盖的礁石!

十一

像我一样知道赫德逊河岸岩壁的人
知道河流从那里向东弯折
流过城市上方——但岩壁继续向南
——在天空下面——头戴
小小探头探脑的房屋,在情绪
变化无常的喜爱水的曼哈顿
巨人身后与黎明一道亮起。

十二

一片片白色残雪之上
弯垂着长长的黄色灯心草;
远处树林的紫色
和金色束带:
    你们躺在那里
沉思,彼此间形成
多么美妙的一个角度。

十三

在你年轻的所有日子里努力工作,
它们也会发现你,在某个早晨
从你那五斗橱
翘曲的椴木底部和你的灵魂
下面向上仰望着——
出去!
——在百叶窗后面
小麻雀中间。

十四

——飘扬的旗帜在为
死去的海军上将下半旗。

十五

这一切——
　　　　　是为了你,老女人[①]。
我曾想写一首
你读得懂的诗。
因为如果你不懂,
对我有什么用呢?
　　　　　但你得努力试试——
但是——
　　　嗯,你知道天黑后
少女们应该回家睡觉的时候
她们是怎样在公园大道[②]上
咯咯笑着奔跑的吗?
嗯,
不知怎地我也是这样的。

---

① "母亲"(约翰·C.瑟尔沃尔的笔记)。
② 拉瑟福德WCW家附近的一条街道。

致一位孤独的弟子*

与其注意，亲爱的，
月亮的颜色
是贝壳粉红的
不如注意它是
倾斜在
教堂尖顶之上的。

与其留心
天空平滑
如绿松石
不如留心
这时是清晨。

不如把握
教堂尖顶
黑暗的
交汇线

---

* 此诗最初发表于《其他》1916年2月号。显然诗人头脑中并没有具体的一位弟子："我肯定只有一个，如果那么多的话。"（约翰·C.瑟尔沃尔的笔记）

给想要它的人（1917）

如何在顶端相聚——
察看它的
小装饰
如何试图阻止它们——

看清它如何失败!
看清那六边形塔尖的
交汇线如何
向上脱逃——
退却,分散!
——护卫
和盛着花朵的
花萼!

观察
那被啃缺的月亮
如何一动不动
躺在保护线以内。

确实:
在清晨
淡淡的色彩中
褐石和青石
闪着橙黄和深蓝的光。

可是注意

那矮墩墩建筑物的
压迫重量!
注意
月亮
茉莉花般的轻盈。

为一块地所作的献辞

朝向这湾水的

这块地

是献给艾米莉·狄金森·韦尔康①的

有生之灵的。

她生于英国,结了婚,

失去了丈夫,带着

五岁大的儿子

乘一艘双桅船航往纽约,

却被吹到了亚速尔群岛②;

在火岛③的沙滩上搁了浅,

在布鲁克林④一家客栈里

遇见她第二任丈夫,

跟他去了波多黎各⑤

又生了三个孩子,失去了

第二任丈夫,艰难度日,

---

① 艾米莉·狄金森·韦尔康,诗人的祖母。上一行中"这块地"指她位于康涅狄格州西黑文市的房地产。
② 亚速尔群岛,位于北大西洋,属葡萄牙。——译注
③ 火岛,与纽约长岛南岸平行的外堡礁群岛中的中央大岛。——译注
④ 布鲁克林,美国纽约市的一个区,位于曼哈顿岛东南部。——译注
⑤ 波多黎各,美属自由邦,位于加勒比海大安的列斯群岛东部。——译注

在圣托马斯①、波多黎各、

圣多明各②过了八年，跟着

大儿子到了纽约，

失去了女儿，失去了"宝贝"，

抓住第二次婚姻所生

长子的两个男孩，

当他们的妈妈——他们没有

妈妈——为他们

与其他祖母和姑姨

战斗，一年又一年夏天

带他们来这里，在这里

自卫防小偷、

风暴、阳光、火，

防苍蝇，防来

到处闻的女孩，防

干旱、防杂草、风暴潮、

邻居、偷鸡的黄鼠狼，

防自己的手衰弱，

防男孩日益增长的

力气，防风，防

石头，防擅入者，

防租金，防她自己的心。

---

① 圣托马斯，加勒比海地区一小岛，系美属维尔京群岛的一部分。——译注
② 圣多明各，加勒比海地区多米尼加共和国首都。——译注

给想要它的人（1917）

她用自己的手摩挲这土地,
主宰着这块草地,
用下流手段迫使她的长子
买下它,在这里住了十五年,
得到了最终的寂寞,而且——

如果你除自己的尸体之外
什么也带不到此地,就请勿进入。

凯·麦克布[*]

你这精美的泥块
凯诗琳——就像
任何别的泥块!
——尤其在四月!
他们企图践踏你时,
就裹起他们的鞋子
毁掉那层光亮!
我将会笑话他们的惊讶
直到乐不可支。
他们指望地面
总是硬实的吗?
那就让他们滑跤;
让他们坐倒在你里面;
弄脏他们的裤子;
教给他们一种尊严
那才是尊严,泥巴的

---

[*] 此诗发表于《其他》1916年12月号时,题为《凯·麦克唐》。凯诗琳·麦克布莱德或麦克唐奈尔是来自新泽西州立孤儿院的一个女孩儿,第一次世界大战期间在诗人家中当了近五年保姆。后来诗人为她在儿童医院找到一份工作。

尊严!

    那就躺下
晒太阳——美美地睡吧!
甚至偶尔变成尘土。

情 歌

我躺在这里想你——

爱的染剂
在这世上!
黄色、黄色、黄色
它蚕食树叶,
用橘黄色涂抹
沉重
倚靠着一片平滑的紫色
天空的长角树枝!
没有光
只有稠似蜂蜜的染剂
从叶子滴到叶子
从枝干滴到枝干
弄坏着全世界的
色彩——

远远地在那
西天酒红色花边下的你[①]!

---

① "我当时想着[查尔斯·]德穆斯描绘地平线之上的天空的画。"(约翰·C. 瑟尔沃尔的笔记)

漂泊者*

一首洛可可风格习作

来 临

即使在我对她还没有
确切的认识的时候,
她就从巢里跳出,一只年轻的乌鸦,
初次环绕着森林飞翔。
我现在知道当时她如何向我展示
她的心思,她接近树顶上方,
要向地平线伸展。
我看到她的眼睛紧张地盯着新的远方;
正如树木从飞行中的她身边倒下,
同样,当我追赶时,它们也从我身边倒下——
以至于我强烈猜想,为做好高飞的准备
我必须从身上丢掉的一切。

---

* 此诗最初发表于《自利者》1914 年 3 月号。"《漂泊者》,以我的祖母〔艾米丽·狄金森·韦尔康〕、河流、帕赛克河为主角……我的第一首'长诗',它后来通向了《帕特森》。"(威廉·卡洛斯·威廉斯:《威廉·卡洛斯·威廉斯自传》)

可是有一天,过渡期间,
在舱外船头吹着海风,
望着面前曼哈顿的高楼,
我一直在烦扰她提出来
考验我的许多问题:
我如何成为反映这现代性的一面镜子?
看!急匆匆地,拖着
顺从的河流上一条迟钝的小船——
突然我看到了她!她在玩耍
当中从白色的水里向我招手!
她喊我:"你好啊!我来啦,小子!
看看我的小手指有多强壮!
我不是游得很好吗?
我还会飞呢!"话音未落,一只大海鸥
朝左边飞去,随着一声狂叫消失了——
但在我的脑海中,所有神性的人格
都追随其后。

明　净

"来吧!"我的心大喊,借着她
赋予我们的力量,我们飞到河上方
寻找她,白水中间的灰鸥——
在空中按照她的意愿说话;
"我是受赐的,"我喊道,"现在我知道了!
我现在知道我所有的时间都预先花费了!

对我来说,一张脸就是全世界!
因为我终于看见了她,这天,
在她身上,年龄统一在年龄中——
无动于衷,不分先后,令人惊叹!
唯独那一个序列除外,
那是全世界的美,因为肯定的是
无论是在那里我们身下的滚滚烟球中
还是在这里与我们一起在空中盘旋着,
确定在我们附近这里的某个地方,
我知道她正在揭示这些东西!"
像海鸥一样我们飞翔,用轻柔的叫声
我们似乎在说话,一边飞翔:"是她,
大能者,重新创造了整个世界,
这是造就奇迹的第一天!

她在我面前穿着打扮——
在我面前显形以赢得礼敬,
一片落在石头上的红叶!
这就是我给你说过的她,古老的
决不宽恕者,决不妥协者;
那在乞讨中傲然阔步
穿行于小道的高贵漫游者!
她的喉头是松散的金子,一条链子
来自众多链子中间;她弯曲的手指上
是许多戒指,上面的宝石都掉了下来;
她手腕上戴着一个变浅的印痕,她的脚踝

是光光的!朝着河飞!是她在那里吗?"
我们吵吵嚷嚷地转而朝下——
"从今以后,我将在她那里得享安宁!"

百老汇

就在这时,她出击了——从背后,
在半空中,好像用一只巨大翅膀的边缘!
瞬间,我眼前的迷雾飘落了,
那边走来一群人——人如幻象
长着没有表情、徒有生气的脸;
身体薄如贝壳的空荡荡的人
在水沟之上紧挨着挤来挤去,
匆匆忙忙——不知去向!然后,第一次
我真的看到了她,真的闻到了她
身上的汗味——被恶心到了而倒仰!
不祥、衰老、涂脂抹粉——
明艳的嘴唇、淫荡的犹太人眼睛
她的力量被紧身衣束缚在体内
赋予她的衰年以青春,完美
实现了她想要年轻的意愿,她掩盖了
神性,与我并肩而行。
无声无息,她的声音进入我的眼睛
我惊讶的思绪轻易地跟上了她:
"那么,他们的眼睛闪亮吗,他们的衣服合适吗?
我告诉你,这些人活着!脸颊红润的老人、

穿着鲜亮套装的年轻人!看看他们!
畏畏缩缩,颤颤巍巍,无动于衷——
那么——这些是你羡慕的人吗?"
于是我回答她:"了不起的老女王,
赐予我力量,让我抓住这一天的
空气和阳光中的一些东西为你效劳吧!
好让这些追求和平快乐的劳苦大众
可以转向你,无时无刻不敬拜你!"
可是她把这些话警惕地嗅了嗅——
但我仍坚持,等待着她的回答:
"转向你,可怕的老妇人,
你深知所有心怀欲望走路的男人
身体里冒出的所有火焰!
转向你,强大、狡猾的游荡者啊,
你追求所有城市中迷醉于
你的挑逗姿色的青年!所有的青年
他们来找你——你有那方面的知识——
而不去找那些未开窍的——
转向你,了不起的老女王,请始终给我
一个新的婚姻——"
　　　　　　　但她大笑起来——
"重新抓住那些在过去的日子里
在沙滩上、草坪上、森林里曾蹭过我的衣服!
但愿我仍可以被抬举起来,摆脱恐怖,
从活在我周围的死亡面前站起来——
不断地被撕碎,被带走,

无论你心血来潮的头脑是什么样子,
成为那些川流不息的破布上的一枚刺果——"
但是夜幕降临,她让我安静下来
带我离去。

罢　工①

黎明第一次窥探时,她唤醒了我!
我因昨夜所见的变化而颤抖着起身!
因为在那里,在一个角落里可怜兮兮地发呆
她的老眼闪着凶光——
"走吧!"她说,而我哆哆嗦嗦地匆匆
走出去到帕特森荒凉的街道上。
那天晚上她又来了,衣衫褴褛
翱翔在油腻的天花板之下——
"伟大的女王,请用你的破衣烂衫祝福我吧!"
"你有福了,去吧!"
　　　　　　"热衷于野蛮,
吮吸着空气!我进了城,
又出来了,莫名其妙上了山!
又回到城市!
　　　　无处寻觅
微妙的!到处都是刺激的!

---

① 1913年,新泽西州帕特森市因丝绸工人罢工而四分五裂,他们的工作受到了新机器的威胁。"统治阶级"依靠武力镇压了这次罢工,这在《帕特森》第三卷中有所体现。

"迄今为止空空的茶叶店前一行领救济的短队:
没有问题——所有人都耐心地站着,
被同一个想法支配着:某种东西——
它带着他们,正如他们总是想被带着,
'可是那是什么?'我问离我最近的人,
'这东西此前无法得到
他们似乎很聪明,现在已经穿上了!'

"既然我让他们失望了,为什么那绝不可能是他们自己的同伙呢?
那绝不可能是野蛮行径吗?
至少在这一点上,他们是一致的!那至少
是他们的豆汤,他们平静的面包和一些奢侈品!

"但我更敏感,在我体内,了不起的老女王
它沉入血液深处,以至于我升起在
紧张的空气上,享受着尘土飞扬的战斗!
痛饮之处,低矮、溜斜的额头
扁平的头骨,不整洁的黑发或金发,
年轻女孩丑陋的腿,活塞
太粗壮,无法细腻!
女人的手腕、男人的手臂都红红的
习惯了炎热和寒冷,习惯了抛接卸成四块的牛肉
还有酒桶、奶罐和水果箱!

"脸都打结了,像橡树上的树瘤,
抓来抢去,狐狸鼻子、厚嘴唇,
干瘪的乳房、凸出的肚子、
粗厉的嗓音、肮脏的用手习惯。

"无处寻觅你!到处都是刺激!

"丑陋的、恶毒的、巨大的!
抛接着我,就像一个伟大的父亲抛接他无助的
婴儿,直到它发出狂喜的叫声
眼睛滴溜转,舌头吊出来!——

"我又平静了,老女王,我现在听得更清楚了。"

户 外

即使是在梦中,我也从未曾
像跟着她那样飞得那么高
那么好,她牵着我的手,
在泽西山上的那第一天!
我永远不会忘记
我怀抱着那颤抖的兴趣,听到
她的声音在低沉的雷鸣中响起:
"你在这里是安全的。看,孩子,张开嘴看!
陡峭的荆棘崖岸之间的那段路;
风中的树,那里的白房子,天空!

向人们讲讲这些，提一提我！
因为当你允许他们忽视我的时候
我自由的声音绝不会充分来到
这些事物之中抓住专心聆听的耳朵！
绝不会，当空气的清澈清凉
被夺去为琐细做外衣的时候；
绝不会，当绿色植物的繁茂
为贪婪的心灵充当防护盾的时候；
绝不会，允许这些事物不受挑战
我的树叶和变色树皮的声音才会自由通过！"
听到这些话，知道她的孤独，
我朝着下方的乡野大声呼喊：
"醒来吧！乡亲们，看你们体内
绿色的树枝上果实正在成熟！
醒来看你们心灵那摇摆的草丛中
亿万株委陵菜！
醒来看你们精神的屋檐下
沉寂的鹩鸟巢！"

可是她，俯身接近移动的山丘
又说起来。"看那里！看看它们！
在燕麦地那里和马在一起，
看看在那里的它们！被它们的激情压弯了
压垮了，那些曾被当作房梁一样升起的东西！
天空的重量压在它们身上
所有的房梁都在那下面崩塌。

只有一根房梁，没有别的：
没有爱对抗那伟大的萤火虫！"
听到这儿我抬头看了看太阳
然后又用尽所有力气喊了起来。
但我的声音是风中的一粒种子。
然后她，那个老家伙，大笑着
抓起我，一路旋转着
回到城市，向上，仍然大笑着
直到高耸的塔楼矗立在沼泽地之上
在下方旋转着：小溪，我小时候
采摘的锦葵，曾经显得那么
宽阔、那么宁静的哈肯萨克河：
爬行的火车，一侧的雪松沼泽——
都那么古老，那么熟悉——现在又那么新鲜
我们经过时，我惊异的眼睛
看不见。

预　言

八天过去了，八天
没有夜晚的安慰，直到最后：
"亲爱的，你愿意看自己老了吗？"
我被戳中，但我还是欣然同意了
因为我知道没有别的可能。
她——"看你自己老了！
保持着力气，在赶上的潮流中劈波斩浪！

不是给在虚弱跳动中的太阳以形体
而是在住在岩石上的人们之上
用不受蕨类纠缠的手指攀住他们的小峭壁、
他们的凹坑,新阿特拉斯巨人,背负他们
为了荣耀,为了受嘲!看
你自己老了!以缓慢的力量缠绕——
橡树中间的一根藤——到细细的梢顶:
留待无叶的长出叶子,
结出紫色的花簇!看
你自己老了!鸟儿在你身后。
你是风,来了使鸟儿安静下来,
摇动树叶,奏响轰鸣的复调——
在树枝的敲击中间缓缓抵达
公路,平稳地渐渐增强,
雄性的风的喧嚣和呼啸!
然后从森林跃入浪沫中!
四处抽打由低升高的火焰
轻敲的声音,雌性的合唱——
联合所有的狮吼、所有的鸟鸣来
把它们变得微不足道!看你自己老了!"
我正准备回答,她继续说,
有点儿惆怅,但声音很清晰:
"从今以后,对你来说,
善是我的上唇,恶是我的下唇:
因为我已经把你的灵魂放在我的两手之间,
而这将如所说的那样成真。"

圣詹姆斯的树林[①]

就这样,到了最后一天
她牵着我的手,我们出门。
一大早,我心情沉重
因为我知道见习期已经结束
狂喜已经结束,生活开始了。

身穿羊毛衫,打着我祖母给我的
淡蓝色领带,我随老女王
去了那里,正好经过我朋友的
住宅,下山到河边
就像平常的日子出行一样。
独自,在树下行走,
我跟着她,她跟着我,披着乱发,
在圣地亚哥树林边;不久
她向前俯身,跪在河边,
帕赛克河,那肮脏的河。
在那里搅动着疯狂的手,
她叫我靠近她的身边。
于是用手掌掬起水来
她边哭边笑洗着我们的额头:
"河啊,我们都老了,你和我,

[①] 亦称圣地亚哥树林,位于新泽西州拉瑟福德,靠近帕赛克河。

我们老了,而且运气不好,成了乞丐。
瞧,我们头发有垢,我们身体发臭!
老朋友,我给你带来了
你向我索求已久的年轻灵魂。
站出来,河,给我
那纵情狂欢的老朋友!
给我那饱经沧桑的精神,
我在这里为它造了一间屋,
我会立刻还给你
你向我索求已久的青年:
站出来,河,给我
那纵情狂欢的老朋友!"

肮脏的帕赛克河同意了!
于是她,厉叫一声一跃而起:
"进去吧,年轻人,进入这个大块头!
进去吧,河,进入这个年轻人!"

于是,河水开始灌入我的心脏,
清凉又明净地打着旋儿退回
到它那晶莹透明的起始之日。
但随着反弹,它又向前跃进:
泥泞的,然后是黑色的和收缩的
直到我感到它腐烂的透彻深度
它堕落的可恶广度
现在被抛落后我知道这就是我。

但她拎起了我,河水涌起新潮
再度进入更古老的经历,
就这样,后退又前进,
它在我体内折磨着自己
直到时间最终被冲到水底,
河流达到了平稳状态,
它最后的运动停止了
而我知道了一切——它变成了我。
我知道这一点是确定无疑的
因为在那里,明明白白,我看见自己
在水底下被带走!
在看到自己要永远离开时
我本可以在痛苦中大声
叫喊的——但我忍住了我的绝望
因为她把眼睛转过来了
看她的眼神我就知道她在想什么——
就这样,我的最后一部分被带走了。

然后她说:"大部分时间都不要说话!"
转身对着河水,再次说:
"为了他,也为了我,河啊,漂泊者,
但我为了快乐给你留下
深厚的绿叶,最茂密的桦树林——
尽管在别处它们都正在死亡——
最高大的橡树和黄色的桦树
它们把叶子浸泡在你体内,伤悼着,

就像现在我浸泡我的头发，不记得
我，不记得他
不记得我们的这些承诺！
这里将是鸟儿的天堂，
它们记得我的声音，对你歌唱：
这里是最隐蔽的空间
周围数英里，被恶臭所供奉
成为我们共同的隐修所和神殿；
为纪念这清澈的婚姻
以及我在晚年给你带来的这孩子。
活着吧，河流，活在繁茂之中
记住我们的这个小子，
纪念我和我的忧伤
以及新的漂泊！"

酸葡萄[*]

（1921）

* 此诗集于1921年由波士顿四海出版公司出版，收录诗作53首，78页，题献给阿尔弗雷德·克兰伯格。关于诗集的标题，威廉斯后来解释说："我在决定用这个标题时耍了个把戏，冲着世俗之人扮起了鬼脸。所有的诗都是关于失望、烦恼的诗。我觉得被世俗之人所排斥。但是内心里我有自己的想法。酸葡萄就像任何别的葡萄一样美。形状，圆的，完满，美丽。我知道——我的酸葡萄——就像任何葡萄一样是美的典型，无论是甜还是酸。但是世俗之人无疑给我的标题读入了一种酸溜溜的意思。"（威廉·卡洛斯·威廉斯：《我想写一首诗》）"但是我的意思只是说酸葡萄和甜葡萄的形状完全一样。"（威廉·卡洛斯·威廉斯：《威廉·卡洛斯·威廉斯自传》）"酸葡萄对于画家就像任何别的葡萄一样诱人，而世俗之人会以为我没有得到我想要的东西。所以我在心里琢磨了一下，说：'去你妈的！'"（约翰·C.瑟尔沃尔的笔记）——译注

迟唱的歌者*

  这里又是春天了
  而我还是个年轻人!
  我歌唱得迟了。
  胸前沾着黑雨的麻雀
  已唱了两周的华彩乐段了:
  是什么牵扯着我的心?
  后门旁边的草
  因浆液饱满而硬挺。
  老枫树正在开放
  满枝的黄褐色蛾形花。
  月亮悬挂在午后
  沼泽上空的湛蓝里。
  我歌唱得迟了。

---

* 此诗曾发表于《自利者》1919年7月号,文字稍异。"我在发现世界方面非常迟缓。……真实的情况是我对生活一无所知。我是完全无知的。……我总是意识到迟了。但我在此刻正迅速赶上生活。"(威廉·卡洛斯·威廉斯:《我想写一首诗》)——译注

三 月*

一

在这种气候下,冬天漫长
而春天——只有几天的
工夫———两朵花采自
泥土中或潮湿的树叶间
否则最好也不过是冒着奸诈的
寒风之苦,天空挑逗性地
明媚,然后双颌猛然
紧闭,突然变黑。

二

三月,
  你让我想起
金字塔,我们的金字塔——
剥掉了曾经保护它们的
打磨过的石头!

---

* 此诗发表于《自利者》1916年10月号,曾被当时的助理编辑希尔达·杜利特尔大肆删改。

     三月，

你就像安杰利科修士①
在菲耶索莱，在石膏上作画！

三月，
  你就像一帮
年轻诗人②，还没有学会
温暖的祝福
（或者已经忘记了）。
不管怎么说——
我有感而写诗
为了其中温暖的东西
为了那份寂寞——
一首将有你在其中的
  诗，三月。

三

看！
  阿舒尔巴尼帕尔③，
弓箭手国王，骑在马背上，

---

① 若望·安杰利科修士（1385—1455），本名圭多·迪·彼得罗，意大利画家，时人称之为"菲耶索莱的若望修士"。——译注
② "在新泽西州格兰特伍德地区的艺术家殖民地的《其他》诗人。"（约翰·C. 瑟尔沃尔的笔记）
③ 虽然 WCW 将此注释为"大都会博物馆"（约翰·C. 瑟尔沃尔的笔记），但他可能想到的是大英博物馆中显示阿舒尔巴尼帕尔杀死狮子的亚述浮雕。

涂着蓝色和黄色的釉彩!
手持张开的弓——面对露出
獠牙、用后腿站立的
狮子!他的箭杆
在它们的脖子上竖立!

圣洁的公牛——龙
在凹凸的砖雕中
行进——上下四层——
沿着圣洁的道路前往
尼布甲尼撒的宝座大殿!
它们在阳光下闪耀,
它们,一直在行进——
在万年尘沙岁月的
尘沙之下行进。

现在——
它们又即将绽放了![①]
看看它们!
静静地行进着,被来自
我的日历上的风暴所暴露
——把沙子吹回去的风!
纵向发射尘沙的风!
用奇异的法术

---

① "我意识到美国将出现学问复兴。"(约翰·C. 瑟尔沃尔的笔记)

击溃了一支黑色军队的风

那军队用铁镐和铁锹

挖掘着一个向马尔杜克神

     献祭的队伍!

为了报酬边咒骂边挖掘的

当地人轮番出土着

尾巴直竖的龙和圣洁的

公牛——

    上下四层——

排满通往古老祭坛的道路!

挖掘古老城墙的当地人——

为我挖掘着温暖——为我挖掘着甜蜜的寂寞

有釉面的高墙。

四[①]

我的第二个春天——

在俯临佛罗伦萨的山丘上

在菲耶索莱——一座

用石膏抹墙的修道院里度过。

我的第二个春天——画了

一个童贞女——在蓝色光环里

---

① "与埃德同游。"(约翰·C. 瑟尔沃尔的笔记) 1910 年 3 月,WCW 和他的弟弟埃德加同游佛罗伦萨和菲耶索莱。安杰利科修士的《天使报喜图》不在菲耶索莱,而是在佛罗伦萨的圣马可修道院。

坐在一张三条腿的凳子上，

双臂交叉——

她热切而严肃，

    静静地

凝视着面前

一个半跪着的

彩翼天使——

微笑着——天使的眼睛

注视着马利亚的眼睛

就像蛇的眼睛注视着鸟的眼睛。

地面上有许多花，

树上长着叶子。

五

但是！现在要战斗！

现在要杀人——现在要找真东西！

我的第三个春天[①]就要来了！

风！

像处女一样清瘦，严肃，

寻觅，寻觅着三月的花儿。

寻觅着

[①] "新文艺复兴的黎明——诗歌出版——《意象主义者》。"（约翰·C.瑟尔沃尔的笔记）

无处寻觅的花儿,
它们缠绕在光秃秃的树枝间
怀抱无法满足的热望——
它们在雪地上打转
在雪下寻觅——
它们——风——像蛇一样
在黄色的芦苇丛中咆哮
寻觅着花儿——花儿。

我在它们中间踊跃
寻觅着一朵花儿
要在其中温暖自己!

我以所有对苦难的嘲弄
嘲笑——
我自己挨饿的苦难。

逆向切入的风
    迎面打击我
更新着他们的怒气!

来吧,寒冷的好伙伴们![①]
    我们没有花吗?

---

① "维庸的墨水在罐里冻住了……我在用法语读维庸。"(约翰·C. 瑟尔沃尔的笔记)

那就用比以往更多的
绝望来藐视——哪怕
　　清瘦而冻僵!

但是,尽管你清瘦而冻僵——
想想巴比伦的蓝色公牛。

纵身扑向
　　他们空虚的玫瑰——
　　　　　　野蛮地收割!

但是——
想想在菲耶索莱的
　　彩画修道院。

贝尔克特和群星*

从十年做学生的穷困中挑选出来的
林荫道上的一天！十天好日子中最好的一天。
贝尔克特兴高采烈——"哈，橙子！咱们来一个！"
他成功地从小贩的车子里偷了一个橙子。

那欺骗是那么聪明，时机把握得那么巧妙
达到了某种波峰的最大幅度，
以至于有关那件事的流言历经三代
而流传了下来——就是相对永久的了。

---

* "我母亲讲给我听的故事。当时她的卡洛斯［诗人的舅舅］在巴黎是个学医的大学生。"（约翰·C. 瑟尔沃尔的笔记）

一场庆祝*

中北部的三月，现在一如往常——
来自南方的阵风被冷风迎头打断——
但从下面，仿佛一只缓慢的手掀起了一股潮流，
它涌动——不是进入四月——而是进入第二个三月，

风吹净的鳞片的老皮掉落在
腐殖土上：这是影子把树向上
投射，让太阳在它的范围内照耀。
所以我们要戴上我们的粉红毡帽——去年新的！
——今年更新，因为棕色眼睛让季节
回转——我们走到兰花厅去吧，
看看那些明天会在大宫①
得奖的花。
    在这儿停下，这些是我们的夹竹桃。
当它们开花的时候——
    你会白废话

---

* 此诗发表于《自利者》1918年5月号。"如《现代罗曼史》中的同一个女孩——扩展"（约翰·C. 瑟尔沃尔的笔记）。
① 位于列克星敦大道的大中央宫，1917年独立艺术家协会主办的展览在此举行（见《火车头之舞序曲》）。

对我来说，如果粉红挂满枝头
倒更清楚些。那就像在一团彩云中
搜索，以揭露现在还没有荚壳
却显示着它们存在的理由的东西。

而这些橘子树，开着花——无需
分说，空气中有着这香气的分量。
如果这个棚子里不是那么黑的话，就能更清楚地
看到那白色。
   正是这股香气
把黑暗吸引到了树叶中间。
我说得够清楚吗？
正是这种黑暗揭示了只有黑暗才会
放松并使之在蜡粘的翅膀上旋转——
不是指尖的触摸，不是叹息的
运动。太浓重的甜香显出
它自己的看护者。
兰花在这里！
   从来没有见过
这样的艳丽，我要为你读这些花儿：
这是个古怪的一月，已经死了——在维庸的时代。
雪，这是；这，是一株紫罗兰的污渍
这个春天它曾生长在那个地方，预见到自己的厄运。

还有这个，来自冰岛的某个七月：
那地方的一个年轻女人

把它吹向南方。它在那里生了根。
颜色如常,但植株很小。

这簇正在飘落的雪花是
一把已死的二月
由危地马拉的拉斐尔·阿雷瓦洛·马丁内兹
祈祷开花。
　　　　　这儿是那个在我身边
好多年的老朋友:这饱满、脆弱的
有脉纹的薰衣草头。哦,那个四月
我们初次带着强烈的情欲外出
把城市抛在身后,走向青山——
五月,他们说她是。伸给我们所有人的一只手:
这满枝系在这茎上的蓝蝴蝶。

六月是一个我不会命名的黄杯子;八月
过于沉重的一个月。这儿还有——
红褐色,闪亮的,几乎像三月。三月?
啊,三月——
　　　　　赏花是一种令人厌倦的消遣。
人希望把它们从花盆里抖落出来
连根带茎,让太阳来啃咬。

再次走出去,进入寒冷,漫步回家
去烤火。这一天已经绽放得够久了。
我已经抹去了红色的夜晚,转而点燃了

熊熊烈火，至少可以温暖我们的双手
激起这场谈话。
　　　　　　　　我想我们时间掐得正好。
时间是一株绿色的兰草。

四　月[*]

假如你跟我来了

进入另一境界

我们就一起安静了。

可是在湖那边

从虚无中升起的太阳

在天上太低，

对于它

有太大的压力，

太多的漆树花蕾，头上

粉红

粘着清亮的树胶，

赤裸的树枝上

太多的丁香叶敞开的心，

太多、太多鼓胀

绵软的杨花！

空气中气味太浓。

---

[*] 此诗最初发表于《自利者》1919年12月号，题为《芝加哥》，内文稍异。1919年春，诗人在芝加哥做诗歌讲座，与《诗刊》副主编玛丽安·斯特罗贝尔有过短暂的风流韵事。（参见保罗·马利安尼：《威廉·卡洛斯·威廉斯：一个赤裸的新世界》，麦克格劳-希尔图书公司，1981年）

在那春意的烘托下我不得
休息!
生草皮上蹄子的乒乓
踩踏
陪我度过了半个夜晚。
我微笑着醒来但觉得累。

晚　安[*]

去睡吧——尽管当然你不会——
伴着斜向轰击着坚固堤坝的
无潮海浪，被掀起三十英尺高，
被湖风逮住，四处抛洒，散落
在稳定铁轨上的水花的
噼里啪啦声！睡吧，睡吧！被湖风截断的
阵风中的海鸥叫声；拍岸浪涛的原野
之上布置的工于心计的翅膀。
伴着浪峰之间的奔突去睡吧，
垃圾在反冲中被搅动。食物！食物！
废物！废物！把它们托在空中，白似浪花
为了同一个目的，羽毛叠羽毛，它们眼中的
野性寒意，它们叫声中的粗哑——
睡吧，睡吧……

脚步轻柔的人群正踏出你的催眠曲。
他们手臂轻碰，他们擦肩而过，

---

[*] 为《诗刊》副主编玛丽安·斯特罗贝尔所作（威廉·卡洛斯·威廉斯：《威廉·卡洛斯·威廉斯自传》）。

左冲右突,在十字路口集聚涌动——
催眠曲,催眠曲!野鸡叫似的警哨、
往来车辆愤怒的咆哮、机器的尖叫:
都是要催你入睡,
让你的四肢姿态柔和,放松下来,
你的头滑向一侧,你的头发松散
落在你的眼睛和嘴巴上,
依依不舍地拂过你的嘴唇,好让你做梦,
入睡且做梦——

一种黑菌在寂寞的教堂门口附近萌生——
睡吧,睡吧。夜晚,降临在
潮湿的林荫道上,会用他的消息
把你惊醒,想从窗户进来。不要
理他。他在你的窗台上暴跳如雷
咕哝着,打着手势,咒骂着!
你不会让他进来。他会不让你睡觉。
他会让你坐在你的台灯下
苦思,冥想;他会让你
拉开抽屉,拿起装饰精美的匕首
来摆弄。很晚了,已经十九点十九分了——
去睡吧,他的哭声就是催眠曲;
他的喋喋不休是睡个-好觉-我的-宝贝;他是
一个脑子有病的信使。

早上你起床穿衣的时候

酸葡萄(1921)

叫你醒来的女仆,
你举起衣服时,衣服发出的窸窣声——
都是同一个调子。
在餐桌上,冷的、微绿的、裂开的葡萄柚,舌头上的
柚子汁、勺子在咖啡中的
丁零声、烤面包的气味一遍又一遍地说着它。

敞开的临街正门让掠过
湖面的晨风吹进来。
暂停的公交车,因刹车迟缓而嘎吱作响——
催眠曲,催眠曲。报纸的哗啦响、
你旁边乱糟糟的大衣的动静——
睡吧,睡吧,睡吧,睡吧……
那是雪的蜇刺、月光的灼烫
溶液、填满枯叶的水沟里
雨水的急流:去睡吧,去睡吧。
夜晚逝去——又从未逝去——

火车头之舞序曲*

在一个巨大的长廊里,男人们拿腔拿调
吟诵城市的名字:通过承诺
向下的阶梯
会听到低沉的隆隆声。

    那些前来
要被运走的人摩擦的脚步促使
灰色的人行道变成柔和的光
在穹顶之下来回摇晃,
一次又一次掠过
裸露的石灰岩砌的土色墙壁。

一个大钟的指针隐蔽地
一圈又一圈转着!假如它们
迅速转动,整个秘密
就会一下子暴露,所有
蚂蚁的调动就会永远结束。

---

* "宾夕法尼亚火车站。"(约翰·C. 瑟尔沃尔的笔记)

一座倾斜的阳光金字塔,在高高的
窗口向外变窄,在大钟近旁移动:
不协调的指针从中心紧张地
伸出来:惯常的姿态无尽地
重复——
两点——两点零四分——两点零八分!
戴红帽子的搬运工在狭窄的月台上奔跑。
这边走,女士!
　　　　　　——重要的是不要乘
错火车!
　　　　混凝土天花板上的灯
歪歪扭扭地挂着,但——
　　　　　　　水平悬停
在道道闪亮的平行线上,阴暗的圆柱体
填满温暖的光芒——吸引着人们进入——
与时刻对拉。但刹车可以
保持一个固定的姿势,直到——
　　　　　　　　　　汽笛声响起!

不是两点零八分。不是两点零四分。是两点!
滑动的窗户。在小厨房里大汗淋漓的
有色人种厨师。车尾灯——

及时:两点零四分!
及时:两点零八分!

——河流被导入隧道：栈桥
跨越渗水的沼泽地；重复着
相同姿态的车轮保持相对
静止：永远平行的铁轨
无尽地返回自身。
      舞蹈是确定的。

现代罗曼史*

雨水和日光的痕迹逗留在
大自然的海绵状绿色中,它那
亮闪闪的山——鼓胀得更近了,
又渐渐退回太阳之中
掏空自身去抱住一个湖——
或棕色溪流在路边起起伏伏,
转来转去,把自身搅成
白色,在那上面又引进绿色
——直降的玻璃似的漏斗纷纷
下落——

还有——另一个世界——
风挡玻璃,一个圆角的屏障:
跟我说话。嘘!他们会听见我们的。
——他们的后脑勺正对着我们呢——
溪流继续着它的运动,仿佛
一条猎犬在粗糙的地面上奔跑。

---

* 诗人在汽车后座与一位年轻女子调情,而她的丈夫和诗人的妻子坐在前面。诗的结尾是诗人和他妻子之间的争吵。"我想同时既自由又依附。"(约翰·C. 瑟尔沃尔的笔记)

树木消失——又出现——消失:
小矮人的分别舞蹈——犹如一场
回避议论的谈话,闪光又暗淡。
——词语那看不见的力量——
既然有几个步骤
是清楚的,那么第一个欲望就是
把自己扔在一边,投入
另一种舞蹈,伴着另一种音乐。

培尔·金特[①]。瑞普·凡·温克尔[②]。狄安娜[③]。
假如我还年轻,我会尝试新的结合——
敏捷地从车上下来,再见!——
儿时的伙伴们两两相连
纵横交错:四、三、二、一。
回到自我之中,触手收回。
在温暖的自我肉体中摸来摸去。
自童年以来,自童年以来!
童年是花园里的一只蟾蜍,一只
快乐的蟾蜍。所有蟾蜍都是快乐的
适应花园的。献给狄安娜的癞蛤蟆!

---

① 挪威剧作家亨利克·易卜生(1828—1906)的剧作《培尔·金特》中的主人公,曾为妖女所惑,抛弃深爱他的姑娘,浪迹山林。——译注
② 美国小说家华盛顿·欧文(1783—1859)的短篇小说《瑞普·凡·温克尔》中的主人公,在山林里遇见异人,偷饮其酒而一醉二十年,醒后回家已无人识。——译注
③ 古罗马神话中的月亮和狩猎女神。——译注

往前倾。拳打司机
耳后。转动方向盘!
越出路边!尖叫声!撞击!
结束。我头朝下坐着——
有点儿移位——或
路面上一层薄薄的雨水
——他开车时我从不害怕——
干预了新的方向,
载着我们横向,始料不及地
冲进沟里!所有的线都断了!
死亡!黑色。结束。最终的结束——

我会单独坐着掂量一
小把红色:这地区的壤土,
笼罩着赤杨树的滑动的薄雾
衬托着悄悄爬向我手指的
手指的触摸。所有盲目情感的东西。
但是——被触动了,眼睛第一次
抓住——醒来的眼睛!——
任何东西,一个土堤,带着在空气
重压下平铺在上面的小草的
绿色星星——第一次!——
或一个哈欠的深度:大的!

在里面四处游动,穿过它——
所有方向,找到

玻璃似的海水物质——
天哪,我多么爱你!——或者,如我所说,
一下子跳进沟里。结束。我坐着
审视着我手里的一把红色。保持平衡
——这——进出——啊。

爱你?那是
血液中的一团火,不论愿意不愿意!
那是在早上升起的太阳。
哈,但那也是灰色的月亮,在早上
已经升起了。你太慢。
男人在涉及女人的时候就不是
朋友了?打斗者。玩伴儿。
又白又圆的大腿!青春!叹息——!
那是新奇的刺激。那是——

群山。大象在天空的衬托下
一路交媾——漠然无视
日光正在收回它那由于频频拥抱
而磨损的破烂碎片。那是
新奇的刺激。那是血液中的一团火。

哦,去买一件法兰绒衬衫,白色法兰绒
或府绸。你会看起来很帅!
我嫁给你是因为我喜欢你的鼻子。
我想要你!我想要你

不管他们都会说些什么——

雨和光,山和雨,
雨和河。你会永远爱我吗?
——一辆汽车翻了,两具尸体
压在下面。——永远!永远!
白色的月亮已经升起。
白色。干净。所有的颜色。
一颗好头颅,背后是眼睛——醒来的!
背后是情感——盲目的——
河和山,光和雨——或
雨、岩石、光、树——分开的:
雨—光对岩石—树或
树对雨—光—岩石或——

无数对抗的进程
相交又相交,重获
优势,这里买,那里卖
——你在城里处处都被贱卖!——
逗留,触摸手指,撤回
把力量凝聚成刺耳的声音,小丘、
山峰和河流——河流遭遇岩石
——我希望你躺在那里死去
而我就坐在你身边。——
那是灰色的月亮——反反复复。
那是这地区的泥土。

荒　野*

　　广阔而灰暗，天空
　　对除他以外所有人来说
　　是一种影像，他的日子
　　广阔而灰暗——
　　高高、干枯的草丛中
　　一只山羊在动
　　用口鼻在地面上搜寻着。
　　——我的头在空中
　　可我是谁……？
　　一想到爱情
　　广阔而灰暗
　　在我周身默默地渴望着
　　我的心就惊讶地跃起。

---

* 此诗曾发表于《日暮》1920年8月号，文字稍异。"献给弗洛丝·威廉斯。"（约翰·C. 瑟尔沃尔的笔记）

咏柳诗

那是一棵夏季结束时的柳树,
一棵河边的柳树,
叶子一片都没落,也不曾
因被太阳啃啮
而变黄或变红。
叶子紧抓枝条,渐渐变白,
悠悠荡荡,渐渐变白,
在打着旋儿的河水上方,
仿佛不愿撒手,
那么冷静,那么沉醉于
风与河水的涡旋——
不觉冬寒,
撒手落到
水中和地上最晚。

冬季临近*

半脱光的树
一齐被阵风击打，
全都弯着腰，
树叶干脆地飘摆
拒绝撒手而去
或被驱赶，好像冰雹
朝一边猛烈倾泻而出
然后落地；
所到之处鼠尾草①，浓烈的胭脂红——
像那样的叶子从未有过——
给光秃的花园镶着边。

---

* 此诗曾发表于《日晷》1921年1月号，文字稍异。
① 鼠尾草，草本植物，花有蓝、紫、白、红等色，红色者又名一串红。——译注

一　月

再一次，我回答在窗外
狂奏嘲弄的半音阶五音度的
三拍子风：
　　　　　奏得再大声点儿吧。
你不会成功的。你越是
敲打我要我跟你走
我就越是紧紧地绑在
我的句子上。
　　　　而风，
一如既往，完美地弹奏着
嘲弄的音乐。

暴 雪*

雪：
多少年的愤怒跟随着
悠然漂流而下的时辰——
暴雪
积聚着重量
越来越深，三天了
还是六十年了，欸？然后
太阳！到处是一团团
黄的蓝的雪花——
毛茸茸的树木挺立突出
排成长长的巷子
在一片荒凉的野地上。
那人转弯了，看哪——
他孤独的足迹伸展
在世界上。

---

* 此诗曾发表于《日晷》1920年8月号，文字稍异。"《暴雪》讲的是我，医生。我不得不在大雪天外出应夜诊。我还记得最后几行所说的情景。"（威廉·卡洛斯·威廉斯：《我想写一首诗》）——译注

酸葡萄（1921）

为唤醒一位老妇人*

老年是
一群飞来飞去
叽叽喳喳的小鸟
掠过
雪盖冰封的湖面上
光秃的树丛。
有得有失,
它们遭黑风
击打——
那又怎样?
在艰苦的草茎上,
鸟群歇息了,
雪上
覆盖着破开的
草籽壳,
而风声被一阵歌颂
富足的尖锐
啼鸣盖过。

---

* 此诗曾发表于《日晷》1920年8月号,文字稍异。

冬　树

穿衣和脱衣
所有的复杂细节
都完成了！
一轮如水的月亮
悄悄地移动在
长长的枝条间。
这些智慧的树木
如是准备好叶苞
以对抗严冬之后
在寒冷中站着睡眠。

怨 言

他们叫我我就去。
午夜已过
道路上冻,雪
尘聚积
在僵硬的车辙里。
屋门打开。
我微笑,进屋
抖落寒意。
这儿有个伟大的女人
侧卧在床上。
她病了,
也许在呕吐,
也许在临盆
生产
第十个孩子。欢乐!欢乐!
夜是个房间
为恋人们遮暗,
出于嫉妒,太阳
射入了一枚金针!

我从她眼里拣出那根头发
充满同情地
注视着她的苦难。

寒 夜

天冷。白月亮
升起在散布的群星中间——
就像警长老婆
裸露的大腿——在
她五个孩子中间……
无应答。苍白的影子躺在
霜打的草上。一声应答：
半夜了，人静了，
天冷了……
天空的白大腿！一声
新应答出自我男性
肚皮的深处：到四月……
到四月我又能看见——到四月！
警长老婆
浑圆完美的大腿，
生过那么多孩子后依然完美。
哦耶！

春季暴雨*

天空停止了
愁苦。
一整天
黑云变幻后,
雨下呀下
仿佛永无终止。
积雪仍然
坚守着地面。
可是水啊,
横流千条的水!
迅速汇集,
黑色斑驳,
在排水沟里
切破绿冰开出道来。
从高处的堤上
枯萎的草茎上
滴滴坠落。

---

* 此诗曾发表于《日晷》1920年8月号,文字稍异。

美 味[*]

女主人,身着粉红缎袍,头发金黄——妆饰高雅——趿着白色拖鞋,光彩照人,与她的小眯眼丈夫那颗沉默的大秃头相互映衬!

在那边紧邻薄施清漆的木制护墙板和餐厅与大厅之间的装饰柱的狭窄空间里,举起一杯黄色的莱茵葡萄酒,她微微一展泉水从岩石上层层跌落般的笑容。

我们先吃鲱鱼沙拉:盛在扇贝壳状生菜叶上的风味微妙的咸鲜。

这位长着一双猫头鹰眼睛、身材丰满、满头灰发的小个子女士,有着光滑的粉红色脸蛋儿,没有一丝皱纹。她不可能是那个跳来跳去邀请药店老板狮头沃尔夫弹钢琴的红脸小个子的女儿!但她就是。沃尔夫是个可怕的烟鬼:如果晚上电话响了——他那头发鬈曲的妻子低声提醒他——他就从床上起来,但要点燃一支烟之后才能接听。

---

[*] 最初发表于《自利者》1917年10月号。"出于某种原因,我加入了一篇名为《美味》的短篇散文——对一次聚会上的美食的印象,一个又一个形象的堆积,用有节奏的散文写下的印象。"(威廉·卡洛斯·威廉斯:《我想写一首诗》)

盛在圆锥形小玻璃杯里的雪利酒，暗黄褐色，还有填充着切得细细的鸡肉和蛋黄酱的番茄！

那个身穿阿尔伯特亲王大礼服和普通条纹裤的高个子爱尔兰人即将为我们唱歌。（钢琴在一个深色帘子遮着的小壁龛里。）女主人的妹妹——比她小十岁——身着黑丝网和天鹅绒，头发像蓬松的干草堆，在两眼周围缭绕如云。她将为她丈夫伴奏。

我的妻子年轻，是的，她年轻又漂亮，当她有意这样的时候——当她对讨论感兴趣：是那个正在跳舞的小个子市长的妻子告诉她有关东拉瑟福德——轨道那边，被铁路从我们这儿分割出去了——的日间托儿所的事情，并且就优先权争论的时候。就是在这个镇子上，那家酒馆兴旺起来，我右边的朋友的酒馆，他的妻子曾两次言语不慎冒犯了他。她的英语很烂！就是在这个镇子上，酒馆坐落在靠近铁轨的地方，近得不能再近了，这边是干燥、干燥、干燥的；两个人在墙的两边听着！——日间托儿所在前一周有六十五个婴儿，所以我妻子的眼睛闪闪发光，她的脸颊是粉红色的，我看不到任何瑕疵。

花朵和家用物品形状的冰激凌：给我一个烟斗，既然我不抽烟；给你一个娃娃。

某个大块头女人的身影迅速回看了一眼，消失到厨房里。我左边的朋友，他在一辆汽车里待了一整天，那车就像某个老家伙会送给女演员的那样：花插、镜子、窗帘、毛绒座椅——我左边的朋友，他是镇议会街道委员会的主席——他花了一整天的时间研究邻近城镇的消防车，打算购买——我的朋友，上周在驼鹿福利保护会的破土仪式上，示意他们让比尔——酒馆老板熟悉的一个朋友——在管风琴伴奏下放声独唱——他真唱了！

萨尔茨卷饼，精致！莱茵葡萄酒不限量。大师级鱼子酱三明治。

孩子们在楼梯栏杆上滑来滑去。议员刚刚买了一辆国民八型——某种车！

看在老天的份上，我一定不会忘记填充奶油奶酪和完整核桃仁的切半青椒。

星期四

我有过梦想——像别人一样——
结果是一场空,所以
我现在无忧无虑
脚踏实地
并仰望天空——
感知着包裹我的衣服,
鞋子里我身体的重量,
帽子的边沿,经鼻孔出入的
气息——决定不再做梦。

晦暗的日子

三天长的雨从东而来——
冗长乏味的谈话,毫无
成果的谈话——啪嗒,啪嗒,啪嗒。
小小的风手拉手
把细细的水流吹斜。
温暖。截断的距离。隔绝。
几个过路人,缩成一团,
从一处匆匆赶往另一处。
白罂粟之风!无可逃避!——
冗长乏味的谈话,谈话,
谈话……以前发生过。
向后,向后,向后。

时光这刽子手*

可怜的老艾伯纳①,可怜的白发老黑鬼!
我记得你那么强壮有力的时候
你把自己用绳子绕着脖子吊在
霍利斯特医生的车库里,以证明你能打败
马戏团里的骗子——那都不曾要了你的命。
如今你的脸在你的手里,你的肘
在你的膝上,你不说话,垮了。

---

* 此诗曾发表于《诗刊》1919年3月号,文字稍异。
① 艾伯纳,给当地一位家庭医生霍利斯特开车的黑人。

致一位朋友*

呃，丽琪·安德森①！十七个男人——却
难以给婴儿找个父亲！

如果地方法官不解决这个问题
天国里善良的天父会对他说什么？
一个小小的两头尖尖的微笑然后——噗！——
法律被变成满嘴的名词术语。

---

* 此诗发表于《诗刊》1919年3月号时题为《我的一位朋友》，内文稍异。
① 丽琪·安德森，诗人为之接生私生子的一当地黑人女孩。

温文尔雅的男人

我在整理衣领时感到自己
手指在自己脖子上的抚触，
心生怜悯地想起
我曾认识的善良女人们。

萧萧的风*

有些树叶悬挂很久,有些
在头场霜冻前凋落——关于
寒枝和老骨头的故事如是说。

---

* 此诗曾发表于《诗刊》1919年3月号和诗选集《1919年杂志诗选》,文字稍异。

春

我花白的头发啊!
你们真像李花一样白。

游　戏[*]

细腻、聪明的头脑，比我睿智，
你是凭什么狡诈的手段做到的
游手好闲？教教我，哦，大师！

---

[*] "模仿 E.P.［埃兹拉·庞德］。"（约翰·C. 瑟尔沃尔的笔记）

诗 行

树叶是灰绿色的，
打破的玻璃，鲜绿。

穷 人

起初校医
不断提醒
他们的孩子头发里有虱子,
使他们烦恼
惹得他们厌憎他。
但经过这番熟悉
他们渐渐习惯了,就这样,
最终,
把他当成了朋友和导师。

彻底的消灭

那是个冰冷的日子。
我们在后院里
埋葬那只死猫,
然后拿来它的盒子

用火柴点着。
那些跳蚤逃脱了
土埋和火烧,
却被寒冷冻死了。

对四月的回忆

你说爱是这,爱是那:
风雨梳理的
杨花、柳芽;
叮咚滴沥,叮咚滴沥——
渐渐疏散开的树枝。嘻!
爱都还没有到过这国度呢。

墓志铭

一棵枝干中空的老柳树
缓缓摆动着高处鲜亮的稀疏柳丝
唱道:

爱是一棵年轻的绿柳
在光秃的树林边熠熠生辉。

雏 菊*

八月里拥抱大地的
日眼①,哈!春天
沉没在紫色中;
杂草在玉米间耸立;
雨水打过的沟垄
粘着酸模
和马唐草,那
浓重的叶子下面的柄
是黑色的——
太阳长在一根
肋骨直竖的
细长绿茎上。
他仰面躺着——
它也是个女人——
他回顾自己从前的
辉煌,并且
围绕着那裂开、

---

* 此诗曾收入《1919年其他诗选》(1920),末尾多两行。
① 雏菊的英语是daisy,此处拼写为dayseye,发音相似,意思不同,是有意为之的文字游戏。——译注

有缝、形成许多细小花头的
黄色中心,他发出
二十道光线——微微地
风在它们中间
在那里变凉爽!

人把这东西翻过来
拿在手中,从后面
看它:褐色镶边、
尖尖的绿色鳞甲
卫护着他的黄色。

可是翻来翻去,
薄脆的花瓣依然
短短的、半透明、固定于绿色,
边缘几乎互不接触:
明净的贝壳锋刃。

樱　草＊

黄色，黄色，黄色，黄色！

它不是一种颜色。

它是夏天！

它是柳树上的风，

波浪的拍打，灌木丛

下的阴影、一只鸟、一只蓝鸦、

三只苍鹭，一根木桩

上腐烂着的死鹰——

清晰的黄色！

它是草丛中的一张

蓝色的纸，或三簇

摇摆的绿色核桃，一群

玩槌球的孩子或一个钓鱼的

男孩，一个

甩着粉红色拳头

走路的男人——

它是春蓼，沟渠里的

＊ "切近观察——试图总结我所看到的。一首真正的意象主义诗。作于康涅狄格州海滨。"（约翰·C. 瑟尔沃尔的笔记）

勿忘我，铁轨凸缘下的

青苔，裂开的岩石中的

波状线，一棵

巨大的橡树——

它是一种不想成为

五片红瓣或一朵玫瑰的意愿，

它是一簇六英尺高的

红茎秆上的鸟胸花，

四片开放的黄色花瓣

下面的萼片

向后卷曲形成钩镰——

紫色的草团点缀着

绿色的草地，云团点缀着天空。

野胡萝卜花*

她的身体不像银莲花瓣
那么白,那么滑——也不是
那么遥不可及。那是一片
野地,野胡萝卜
强占的野地;杂草
无法遮掩。
毫无疑问的白,
尽可能地白,每一朵花
中心有一颗痦子。
每一朵花是一块巴掌大的
白。他的手
落在哪里,哪里就有
一点小小的紫斑。在他的
触摸下,每一部分都绽放;

---

* 此诗曾发表于《1919年其他诗选》(1920),是关于诗人的妻子弗洛伦丝的。"又是弗洛茜。"(约翰·C.瑟尔沃尔的笔记)谈及此诗和随后的一首《大毛蕊花》以及前面的两首写花的诗时,威廉斯说:"直接观察用于四首关于花的诗中:《雏菊》、《樱草》(这是美国樱草)、《野胡萝卜花》、《大毛蕊花》。我把它们看作静物。我看着实在的花儿生长着。当惠特·伯耐特约我给他的诗选集《这是我的最佳作品》投稿时,我选了这四首。"(威廉·卡洛斯·威廉斯:《我想写一首诗》)——译注

她浑身的纤维
逐一立起,根根挺拔,
直到整片野地变成一股
白色欲望,空旷;一根茎,
一簇花,一朵挨一朵;
一份虔诚的希冀对于已逝的白色——
或空无。

大毛蕊花[*]

有一个人是一株大毛蕊花
把叶子留在家里,高高竖起一座灯塔
从上面瞭望:我要自行其是,
黄色——一根桅杆挂一盏灯笼,十,
五十,一百,它们长得越多
就越来越小——骗子,骗子,骗子!
你从她那儿来!我能闻到你衣服上
亲吻的味儿。哈!你来我这儿,
你——我是草梗上的一颗露珠。
你为什么从你的灯笼上发送热力
下来给我?——你是牛屎,一根
剥了树皮的死棍子。她正
朝我们俩泼水呢。她已经把你
弄到手了!——对吧?——她侮辱了
我。——你的叶子又暗又厚
又毛。——我身上的每根毛都会
把你从我这儿推开。你是个

---

* 此诗曾发表于诗选集《1919年其他诗选》(1920)。大毛蕊花,草本植物,全体布满黄色绒毛,茎直立,高约一米,叶生于基部,花黄色,密集成簇,向上渐小,状似灯塔吊钟。花语是信任。——译注

干屎橛,栅栏杆上的黏鸟胶。——
我爱你,笔直、黄色的
上帝手指指着——她!
骗子,破杂草,干屎橛,你已经——
我是只蛐蛐儿挥动着触须
而你高大、灰色[①]、笔直。哈!

---

① 约翰·C. 瑟尔沃尔在其所存《早期诗合集》中此诗末行"灰色"一词下画线,并注曰"与弗洛丝打架"。参见《穿灰衣的肖像》一诗注。

等 待[*]

我独处时很快乐。
空气清凉。天空中
点缀溅洒缠绕着
色彩。沉重的树枝上
簇簇檫树叶
深红色的生殖器
密匝匝挂在我面前。
我到达门前台阶时
受到孩子们尖声欢叫的
迎接。
我被压碎了。

难道我的孩子对我不是
像落叶一样可亲,或者说
人必须变得乏味
才能长大?
这就好像烦恼
绊翻了我的脚跟。

---

[*] 此诗曾发表于《小评论》1920 年 1 月号。

让我们想想,让我们想想!
一旦摊上了那种事儿
我曾设计好要怎么对她说来着?
既然现在事情已发生了。

猎　人

在七月的
闪光和黑影中
日子，锁在彼此的怀抱里，
显得平静
这样，松鼠和彩色的鸟
就可以在枝头和空中
悠然来去。

何处会有肩膀撕裂或
额头爆开和胜利可言？

哪里都没有。
双方都老了。

你可以确定
没有一片树叶会
从地面腾身而起
重新粘牢到树枝上去。

到　来

可是不知怎地有人到来，
他在一个陌生的卧室里
发现自己正在解开她衣裙上的
钩扣——
感到秋季
正在把丝绸和亚麻的叶子
掉落到她脚踝周围。
青筋暴露的粗陋身体出现
扭作一团
像冬季的风……!

致一位朋友,涉及数位女士*

你知道我想要的
并不多,几朵菊花
半躺在草上,黄的
褐的白的,几个
人的谈话,树,
也许一大片枯叶
中间有水沟。

可是在我
和这些东西之间
来了一封信
或区区一个眼神——恰到好处,
你懂的,
这令我茫然疑惑,扭头
回顾,又——突然被孤零零撇下,
无法把食物送到
自己嘴里。

---

* "我总是用诗行做实验。我还没有达到最终的方法。对我来说一切都有效用。"(约翰·C. 瑟尔沃尔的笔记)

她们所说的就是：来呀！
来呀！来呀！如果
我不去我就自个儿待着
发臭，如果我去——
     我曾在夜间
从远处眺望这个城市
心里纳闷我为什么没写诗。
来呀！对，
这个城市是在为你放光彩，
你站着在看它。

她们是对的。对于某些
事情，这世上没什么好处
除了出自一个女人
和某些女人。可是假如
我像只乌龟，背上
驮着房子，或者像条色迷迷的
鱼从水下到来又如何？
那不行。我必须
爱意蒸腾，色彩鲜艳
像只火烈鸟。为了什么？
为了有两条腿和一个傻脑袋
为了有味儿，啪！像只火烈鸟
把自己屁股上的羽毛弄脏。
我必须满塞着一首
坏诗回家吗？

她们说:
在试过之前谁又能回答
这些问题?你的眼睛
半闭着,你是个孩子,
哦,可爱的孩子,准备玩了
但是我要把你变成男人
肩上扛着爱——!

沼泽地里
蟋蟀在阳光下
堤坝顶上奔跑
在那里打洞,水
反映着芦苇,芦苇
在茎秆上摇动并发出干涩的沙沙声。

青春与美貌

没有女儿
我就买了个洗盘刷——
因为他们用闪亮的
细铜丝缠扎
白麻绳
做了个蓬松的
头，固定在
一根车圆的白蜡柄上，
作为我的爱物
垂直系挂在
铜制壁挂托架上时，
脖子纤细，
身子挺直、高挑——
并且赤条条的
就像父亲眼里
女孩儿应有的模样。

思想者

我妻子的新粉红拖鞋
有鲜艳的绒球。
缎面鞋尖或鞋帮上面
没有一个污点或污渍。
整夜它们都一起躺在
她的床沿下边。
早晨,我瞥见它们
浑身一颤然后笑了。
后来我注视着它们
走下楼梯,
匆匆穿过房门,
围着餐桌转,
僵硬地移动着,
鲜艳的绒球一抖一颤!
出于纯粹的幸福
我在隐秘的心底
对它们说着话。

争论者

在桌上,在叉子、面包屑、
盘子的狼藉中间,
在它们的钵盂里,
黄色茎秆、绿色叶子的
枪尖,红色的尖头瓣儿
和蓝色白色卷毛头的
激烈混战中,
花儿们依然保持镇定。
在咖啡和已变得虚弱
如杂耍的高谈阔论之上,
它们的交谈冷静地继续。

郁金香花床*

五月的太阳——

为万物所模仿——

把小叶子粘到

木头树上

透过蓝纱云

从天空照耀

到地面上。

在浓荫的树下

郊区的街道

纵横交错，

每个角上都有房子，

交缠的阴影已开始

加入

铁路和草坪。

铁栅栏内的

郁金香花床

以卓越的精确性

---

* "我对印象主义画家的色彩运用非常有觉识——莫奈、马奈对我来说非常鲜活。"（约翰·C. 瑟尔沃尔的笔记）

举起鲜艳的
黄、白和红,
四周绿草镶边,
和谐安定。

群 鸟

世界再度开始!
没有完全充满气,
雨中的乌鸫
在紧贴着低云的
活树的
死枝梢上
为黎明标记乐谱。
它们尖厉的叫声响起
宣告着食欲
又落到垂头的玫瑰
和滴水的草叶中间。

夜 莺

我俯身解带子时
我的鞋子
在平面的毛绒花
上面很显眼。

我的手指的影子
灵巧地在
鞋子和花朵之上
解着带子。

喷

在如我曾见过的
一对乳房那么美好的
这个世界里
麦迪逊广场
上的喷泉
向上喷着水
一棵白色的树
死去又活来
随着池中
晃动的水
从石沿儿
返回到喷口
在那里升起
又若有所思地落下。

蓝菖蒲

我停下车
让孩子们①下去
在街道尽头
阳光里
沼泽边
芦苇始生处
有几幢小房
面朝苇丛
蓝色薄雾
在远处
笼着葡萄架
葡萄藤上
葡萄成串
小如草莓
还有土壕
流动着春水
接续着排水沟
上面是垂柳。

---

① "比尔和保罗［诗人的两个儿子］。"（约翰·C. 瑟尔沃尔的笔记）

酸葡萄（1921）

芦苇始生

像水在岸边

尖尖的叶瓣摇摆

绿色深深浅浅。

但苇丛中

蓝菖蒲正在开花

孩子们采撷着

在高过头的

苇丛中叽叽喳喳

用赤裸的胳膊

分开苇丛现身

手里满把是花

直到空气中

飘来折自潮湿黏性的茎秆上的

菖蒲香味儿。

寡妇的春愁*

忧愁是我自家的庭院,

那里新草出苗

如火,一如往常如火

出苗,但今年

却不是那冷火

从四周逼近我。

我与丈夫生活了

三十五个年头。

李树今天很白,

开了好多的花。

好多的花

挂满樱桃树枝

把有些灌木丛染

黄,有些染红,

但我心中的哀伤

比花朵繁盛;

虽说从前花朵令我

愉悦,但今天我注意到它们

---

* "我对母亲心中所想的想象。"(约翰·C. 瑟尔沃尔的笔记)

又转身就忘掉。
今天我儿子告诉我，
在远处，茂密的森林
边缘，那草地
中间，他看见
一棵棵树挂满白花。
我觉得想要
去那里，
跌入那花丛中，
沉入近旁的沼泽里。

心情轻快的威廉

心情轻快的威廉捻着
他那十一月的胡子
半裸着身体,从
卧室窗口观望
春天的天气。

嗨—呀!他欢快地叹息,
探出头去看
街道上下
一些蓝色的阴影之外
躺着浓重的阳光。

他又把头拽进
屋里,悄然
对着自己大笑
捻着他那绿色的胡子。

作者的写真*

  白桦树疯狂地冒着绿尖儿，
  森林边缘燃烧着它们的绿色，
  燃烧着，沸腾着——不，不，不。
  白桦树正在一片接一片张开它们的
  叶子。它们那柔弱的叶子冷漠而孤立地
  展开，一片接一片。纤细的穗子
  挂在柔弱的枝头摇摆着——
  哦，我无法言传。没有一个词。
  黑色一下子劈开成了花儿。在
  每个沼泽和沟渠里，都有小火
  花，白色的花儿！——啊哈，
  白桦树疯了，因它们的绿色而疯狂。
  世界消逝了，被撕成了碎片，
  由于这份祝福。我还剩下什么
  应该做而没有做的事？

---

* "我不喜欢这首，把它团起来扔进了废纸篓。鲍勃·麦卡尔蒙把它找出来，对我说它是我最好的作品之一。可是我认为它做作。"（约翰·C. 瑟尔沃尔的笔记）

我的兄弟[1]啊,你这个红脸的活人,
无知、愚蠢,你的脚踏在我触摸——
和吃的这同一块泥土上。
我们单独处在这恐怖中,单独,
在这条路上面对面,你和我,
被这火焰包裹着!
让抛光的犁铧依旧闲置吧,
他们的光泽已经在黑色的土壤上啦。
但你的那张脸——!
回答我。我要紧紧抓住你。我
要拥抱你,紧握你。我要把我的脸戳
到你的脸上,迫使你看到我。
把我抱在你的怀里吧,告诉我你心里
想说的最普通的事情,
随便说什么。我会理解你——!
这是白桦树叶冷漠张开的
疯狂,一片接一片。

我的房间会接受我。但我的房间
不再是甜美的空间,舒适在那里
随时准备用它的面包屑来服侍我。
一片黑暗抹去了它们。钵里的
那团黄色郁金香都萎缩了。
每个熟悉的物体都改变了,变矮了。

---

[1] "普通人。"(约翰·C. 瑟尔沃尔的笔记)

我被震撼了,被一股力量撞烂了,
那力量劈裂了舒适,吹散了
我仔细设置的隔断,粉碎了我的房子,
丢下我——怀着紧缩的心,
瞪着惊愕、空洞的眼睛——向外
窥入一个冷漠的世界。

在春天里我要喝酒!在春天里
我要醉倒在地,忘却一切。
你的脸!把你的脸给我,杨贵妃!
你的手,你的唇,助酒兴!
把你的手腕给我助酒兴——
我拖着你,我被你淹没了,你
淹没了我!喝吧!
救救我!唐棣在空地的
边上。丁香花怒放的
院子让我恐惧得发狂。
痛饮而卧,忘却尘世。

白桦树的叶子正冷漠地一片一片张开。
我冷漠地观察它们,等待结束。
于是结束。

寂寞的街道*

学期结束了。天气太热
无法从容走路。从容地
她们衣着轻薄走在街道上
消磨着时光。
她们已长高。她们右手
擎着粉红色火焰。
从头到脚一身白,
眼神乜斜、悠闲——
穿着黄色、飘动的料子,
黑色披肩和长袜——
用一根棒棒上的粉红糖果
触碰着她们热切的嘴——
好像人手擎着一枝康乃馨——
她们走上寂寞的街道。

---

* 此诗最初发表于拉瑟福德高中杂志《拉瑟福德人》1921年3月号,并附有一通亦庄亦谐的信,称此诗将是此杂志中通常所见诗歌风格和题材的对症解毒药。

大数字*

在雨中

灯影里

我看见数字"5"

金色

在一辆红色

救火车上

紧张

不被注意

伴着当当锣鸣

呜呜警笛响

---

* "炎热的七月的一天,有一次从研究生诊所疲惫不堪地回来,我像有的时候那样顺便到第五街马斯登的画室去聊天,也许喝点儿酒,看看他正在做什么。我正接近他的门牌号时,听见一阵巨大的铃响声和救火车的轰隆声掠过与第九大道相接的街尽头。我转过头,刚好看见一闪而过的红色背景上一个金色的数字'5'。那印象突然而强烈,我赶紧从衣袋里掏出一张纸来,写下了一首短诗。"(威廉·卡洛斯·威廉斯:《威廉·卡洛斯·威廉斯自传》)诗人于1955年7月27日致信亨利·韦尔斯:"……以《大数字》为例,我认为你没注意'大'这个字的反话意味,我在当时对公众生活中一切'大'人物["人物"与"数字"在原文中是同一个词"figure",故此诗题实有双关意味。——译注]怀有的鄙视之情,相比之下,那盛装游行般驶过城市街道的数字5却不被人注意,除了艺术家。"(哥伦比亚大学珍本与手稿图书馆一般手稿收藏部)

隆隆车轮声
正穿过
这黑暗的城市。

春天及一切[*]

(1923)

* 此诗文集于1923年由威廉斯友人罗伯特·麦卡尔蒙创办的接触出版公司在法国第戎出版，27首诗与若干段散文混编，93页，题献给查尔斯·德穆斯。"没人见过它——它根本没发行——但我写得很好玩儿。它由诗文混编而成，与《科拉在地府：即兴之作》想法一样。写它的时候正值全世界都痴迷于排印形式，实际上是对这种想法的恶搞。章节标题被故意印得上下颠倒，章节编号全都乱了套，时而用罗马数字，时而用阿拉伯数字，随手就来。散文是哲学与胡说八道的混合。对我来说意思清楚，至少对于我混乱的头脑来说——因为当时它的确混乱——但我怀疑别人是否也意思清楚。但诗作保持纯净——出现时没有排印的把戏——与散文界限分明。它们编号一致；都没有标题，尽管后来在《诗合集》中重印时有了标题。"（威廉·卡洛斯·威廉斯：《我想写一首诗》）。——译注

一、春天及一切[*]

在通往传染病医院的路边
在从东北滚滚
涌来、带蓝斑点的
云团下——一阵冷风。远处,那
广阔、泥泞的荒野
杂草枯黄,或直立或倒伏

一汪汪死水
散布的高大树木

沿路全都是红的
紫的、分叉的、挺立的、抽条的
灌木丛和小树之类
下面是枯黄的落叶
无叶的枯藤——

貌似无精打采、懒散

---

[*] 此诗是诗文集《春天及一切》(1923)的开卷第一首诗作,原本无题,后来诗人即用诗集名作为此诗标题。——译注

昏沉的春天临近——

它们赤裸裸进入新世界，
冷，对一切都不确定
除了它们进入。它们周围，
冷，而熟悉的风——

现在，草，明天
野胡萝卜叶硬硬的曲卷

一个个物体被定义——
风催促着：清晰，叶子的轮廓

但现在，光秃秃进入的
尊严——至此，深沉的变化
已降临在它们身上：生根，它们
向下紧抓，开始苏醒

二、盆花[*]

   粉红与白色混杂的
   花与反向的花
   抓起并泼洒被罩住的火焰
   把它猛力甩回
   到台灯的犄角里去

   斜斜的花瓣紫色暗淡

   围绕着火绿色花喉
   花瓣螺旋形层层相叠处
   红光熠熠

   闪烁着锐利光芒的花瓣
   在上面
     吵闹

---

[*] 布拉姆·迪杰斯特拉在《新话语的象形文字》(1969)一书中认为，此诗"是德穆斯画于1922年旋即被威廉斯收藏的水彩画《晚香玉》的如实描写"。

叶子
从花盆边沿
向上伸展谦逊的绿色

那里，完全黑暗，花盆
欣然布满粗糙的苔藓。

三、农夫[*]

沉思的农夫
冒雨漫步
在空白的田间,双手
插在裤兜里,
头脑中
已经种下了丰收。
一阵寒风吹皱
枯黄野草丛间的池水。
四面八方
世界寒冷地席卷而去:
黑色的果园
被三月的乌云笼罩——
给思想留下空间。
经过雨水浸泡的马车道旁
僵挺着的
枯枝败叶
现出农夫那艺术家的
身影——构思着
——反面主角

---

[*] "仅仅是个意象,严格说不是一首诗。"(约翰·C. 瑟尔沃尔的笔记)

四、逃往城市*

在一闪一闪的灯光之上
复活节的星星在闪耀——
黑暗的冠冕——
    没有人
这样说——
   没有人说：针眼

我要载她去那里

在灯光中间——

把它爆破
突破到五十个
必要的词——

   一顶给她的头冠
上面有城堡、摩天大楼

---

* "为在拉瑟福德邻居的十三岁女孩作。清新、粗野、倔强。"（约翰·C. 瑟尔沃尔的笔记）

盛满果仁巧克力——

  驯顺如鸽子的风——
彩带的星星
出自一只玻璃丰饶角①的
硕大尖端

---

① 丰饶角，古希腊神话中曾哺育过主神宙斯的母山羊阿玛尔忒亚的一只角，被年幼的宙斯在玩耍时不小心从头上瓣下，从此具有神力，能产生取之不尽的食物和财物，在西方传统中遂成为富饶的象征。——译注

五、黑风

来自北方的黑风
进入黑色的心。受阻而无法
进入百合花中隐居,它们就打砸
破坏——

野兽般的人性
在风打破它的地方——

    刺耳的声音,热度
加速,热浪层积

与山羊或人行道同醉

仇恨属于黑夜,白天
属于鲜花和岩石。说
黑夜滋生凶杀,什么也
得不到——这是典型错误

白天

进入另一个人体内的所有东西
所有的草,所有在飞的黑鸟
所有开花的杜鹃花树
含盐的风——

卖给了他们,男人们在一起盲目击打
把他们的头打爆

这就是为什么拳击比赛与
中国诗是一样的缘故——这就是为什么
哈特利称赞维尔特小姐的缘故①

风的旋扭中什么
也没有,除了——冷雨的疾飞

这与海底景观同一
紫色和黑色的鱼儿在
波动的海藻中间转弯——

黑风,我已经把我的心倒出来
给你了,直到我恶心了——

现在我用手抚摸着你,感受着

---

① 在《艺术历险记》(1921)的"迷人的马术女郎"一章中,马斯登·哈特利赞美了马戏团骑手梅·维尔特,称她的艺术"使身体有机会展示其精致的节奏美……为个人愉悦而和谐摆出的美丽身体造型"。

你的身体的嬉戏——它那
力量的颤动——

西周弓箭手的悲愁①
越来越近——从逝者
那里艰难地
逼近——冬天打包的悲愁

多么容易滑入
旧模式，多么难以
坚持进步——②

---

① 见埃兹拉·庞德《华夏集》(1915) 中的《西周弓箭手之歌》。此诗是《诗经·小雅·采薇》的英译。——译注
② 诗人对最后一节如是评说："让诗歌和人生中的一切见鬼去吧——一首悲观的诗。这些诗都是情感之结，但它们并没有把我带到哪儿去。"（约翰·C. 瑟尔沃尔的笔记）

六、什么都没有做*

不，不是这样的
什么我都没有做
什么
我都没有做

是由
什么
和双元音

ae[①]

连同辅助
动词
有

第一人称
单数

---

* "我当时在试着大声思考。"（约翰·C. 瑟尔沃尔的笔记）
① 英语"I"（我）的一种注音。——译注

直陈式组成的

什么
我都有做
是一样的

如果做
能够
有
无数种
组合

涉及
道德
肉体
及宗教

准则的话

因为有
和没有
是同义词
当

真空中的能量
有混同的

力量时

而只有
什么都没有做
才能使之
完美

七、玫瑰[*]

玫瑰已经过时了
但每片花瓣都终止于
一个边缘,双切面
加固着有凹槽的
气柱——边缘

无需切割而切割
遇见——无物——在
金属或瓷器中更新自己——

何处去?它终止——

但如果它终止
开端就开始了
这样一来,与玫瑰打交道
就变成了一种几何学——

更锐利、更整齐、更多切割

---

[*] 此诗是诗文集《春天及一切》中的第7首,但原本中没有编号。"我当时在用法国画家的模式做实验——毕加索的碎片化。"(约翰·C. 瑟尔沃尔的笔记)

马约利卡陶的特点——
破碎的盘子
釉下一朵玫瑰

在有些地方感觉
使铜玫瑰
变成钢玫瑰——

玫瑰承载着爱的重量
而爱在玫瑰的———一端

就在花瓣
边缘,爱在等待

脆硬,雕琢得要打败
雕饰——脆弱
采下的、潮湿、半抬头
冷漠、精确、感人

什么

在那花瓣的边缘与那
之间的地方

从花瓣的边缘开始一条线
由于是钢制的

无限精细,无限
刚硬,穿透
银河
而无需接触——从它那里
升起——既不低垂
又不推进——

未擦伤的
花朵的脆弱
穿透空间①

---

① "兰波的意象给了我极深刻的印象。"(约翰·C. 瑟尔沃尔的笔记)

八、在六月的水龙头中

髹清漆地板上
一块黄铜牌
内的阳光

充满了一支
在六月的水龙头中
膨胀到

五十磅压力的歌
水龙头敲响
空气的三角铁

在珀尔塞福涅的奶牛牧场
薅着
银莲花——

突然从
钢铁岩石中间跃起

J. P. M.①

他在童贞中间
享有
非凡的特权

可以用一幅委罗内塞②或
也许一幅鲁本斯③
斩断

戈尔迪之结④
从而解决涡旋飞轮的
核心问题——

他的汽车在当今
市场上
差不多是最好的——

这么着就说到

---

① WCW 认为老 J. 皮尔彭·摩根（1837—1913）收藏"死的"欧洲艺术，而忽略了有活力的美国艺术家。小 J. 皮尔彭·摩根（1867—1943）也是一个强大的金融家，他经营"汽车"。
② 保罗·委罗内塞（1528—1588），意大利威尼斯画派代表画家。——译注
③ 保罗·鲁本斯（1577—1640），佛兰德斯画家，巴洛克派早期代表画家。——译注
④ 古代传说戈尔迪乌姆国王戈尔迪乌斯打了一个错综复杂的绳结，预言说谁能解开，谁就会成为亚洲的统治者，结果绳结被亚历山大大帝一剑斩断了。——译注

汽车了——
那是儿子

要省掉阳光和青草
中的 g[①]——
不可能

说，不可能
低估——
风、满洲里的

地震、一只
从枯叶间飞起的
鹧鸪

---

① 英语单词 sunlight（阳光）和 grass（青草）中都含有 g 这个字母。——译注

九、年轻的爱

这些文字怎么样?

哦,"琪琪"
哦,玛格丽特·贾维斯小姐①
反手跳跃

我:干净
　　干净
　　干净:是的……纽-约

威格莱口香糖②、阑尾炎、约翰·马林:

---

① "珀维斯"这个名字出现在瑟尔沃尔加注本《早期诗合集》的空白处(诗中写作 Jarvis 应为笔误或有意为之。——译注)。玛格丽特·布雷克·珀维斯小姐是纽约法国医院护理专业第一届毕业生中的一员(1907年);当时 WCW 是医院的一名实习生(院长报告:《纽约慈善界的法国人社团》,1907年10月)。这首诗的一般背景见《自传》第15章,"法国医院"。"琪琪"可能是玛格丽特·珀维斯的绰号。WCW 也可能想到了"蒙帕纳斯的琪琪",20世纪20年代的巴黎模特,曾受到曼·雷和海明威赞美;或者是1921—1923年曾在纽约舞台上长期演出的戏剧《琪琪》中的女主角。
② 威格莱口香糖公司在1907年为"留兰香牌"开展了大型广告活动。

摩天大楼汤——①

要么是那样,要么是一颗子弹!

有一次
可能发生了什么事情
你放松地躺在我的膝上——
星光灿烂的夜晚
温暖而盲目地铺展
在医院的上方——

呸!

不直奔主题
就是不洁的——

在我的生活中,家具吃我

椅子、地板
墙壁

---

① 约翰·马林(1870—1953),美国画家,和 WCW 一样,出生在新泽西州的拉瑟福德。他创作的许多表现主义的纽约天际线景观作品,被称为"摩天大楼汤"。在 20 世纪 50 年代末,威廉斯告诉查尔斯·德穆斯的传记作者艾米丽·法纳姆:"我从来没有把马林看作是一个艺术家。素描肯定是油画中的基本东西吗?"(《查尔斯·德穆斯:他的生活、心理和作品》,学位论文,俄亥俄州立大学,1959 年)

听到你的啜泣声
喝干了我的感情——
只有它们知道一切

并在早晨告发我们——

想要什么？

醉了，我们肯定向前走
不是我

床，床，床
电梯、水果、床头柜
还有乳房可看，又白又青——
可握在手中，用鼻子拱

这不是洋葱汤
你的啜泣声浸透了墙壁
使医院裂成碎片

一切
——窗户、椅子
淫邪而沉醉，旋转着——
白色、青色、橙色
——因我们的激情而热烈

狂放的泪水，拼命的应对
我的腿，在空中
慢慢地颠来倒去！

但你会有什么呢？

我只是说：
喏，你看，它已经裂了

长袜、鞋子、发卡
你的床，我用自身包住你——

我看着。

你抽泣，你打你的枕头
你扯你的头发
你用指甲狠掐你的两肋

我是你的睡袍
　　　　　我看着！

只有他一个人是干净的
在他身后流淌着
这城市的碎块——
在他接近时飞散

但十五年前
我只是好奇地

爱抚你,他们说
你现在依然在这城市里到处走
料理生病的小学生

十、眼镜*

事物的普遍性
把我引向那不加强调地
声明着那农夫肩膀的素质

和他女儿遭意外的皮肤的
垃圾堆边缘
与盛开在附近的

甜瓜花在一起的
那颗糖,那么甜
在那干晒的地方

与三叶草和五瓣
小黄花在一起。正是
这牵涉到

看见一切并保持

---

* "我在这里用了可变音尺,但我没有意识到。这种诗行对我很重要,感觉的连续性却是片断的。"(约翰·C. 瑟尔沃尔的笔记)

与数学有关的
眼镜的美好变形——

在用棕色赛璐珞
替代玳瑁制成的
最实用的框架中——

想创办一本用亚麻布
制作的新杂志的那个人的
一封来信

他拥有一台打字机——
1922年7月1日
这一切都要由眼镜

来发现。但是
它躺在那儿,金色的
腿儿折叠着

宁静如的的喀喀湖①——

---

① 原文此行作"宁静地,的的喀喀",意思似欠显豁,在瑟尔沃尔的那本《早期诗合集》中被修改如此,并附评语:"以获得宁静的确切力量。"译者即从之。的的喀喀湖,位于秘鲁与玻利维亚交界的安第斯山脉上,世界上海拔最高的大淡水湖之一。——译注

十一、通行权*

对于世上的事
心中一无所想

除了在路上
依法享有的通行

权,经过时——
我看见

一位长者
微笑着扭头望向

一座房子以北——
一个蓝衣女人

大笑着探身
前去仰视

---

* "一个无关事件对于我的重要性——真正重要的人们,我可以跟他们打招呼的。"(约翰·C. 瑟尔沃尔的笔记)

那男人
半侧的脸

一个八岁男孩
盯着那男人

肚子中间
一条怀表链——

这无名景象的
极端重要性

使我加速驶过他们
一言不发——

为什么要操心我去哪儿?
我转动车子的四轮

沿着潮湿的公路
而去,直到

我看见一个女孩,一条腿
跨在一个阳台的栏杆上

十二、构图

　　用布铰接的
　　红纸盒

　　里外都
　　用人造革
　　作衬

　　它是太阳，
　　有饭菜
　　在上面的
　　桌子，因为
　　这些都一样

　　它的两英寸托盘
　　有火车司机
　　运送胶水
　　到飞机

　　或给缝袜子的
　　老太太

运送回形针
和红橡皮筋——

对于舔食
胶粘的
标签的虫子
什么是结束?

因为这就是永恒
通过它的
表面我们发现
透明的纸巾
在一个卷轴上

但星星
是圆形的
硬纸板
有铁皮包边

和一个环
把它们固定在
用于度假的
行李箱上——

十三、受苦的教堂尖顶

　　凌驾于
　　海水冲击的
　　岩石上
　　甲壳动物的
　　楔形队列
　　流着汗的打击乐队

　　来自成群背街的
　　钢铁波浪
　　发明
　　电的
　　珊瑚
　　壳——

　　灯光
　　用杵锤
　　点缀
　　文艺复兴
　　微光中的

埃尔·格列柯①

湖泊

粉碎了

旧牧场的

氮气

以躲避

长手脚的

汽车——

全体

都不驯顺

包裹着

刺激物

但

用受苦的教堂尖顶

编织着

和平

在桥墩所歇

之处

确定无疑

用长长的

---

① 埃尔·格列柯（1541—1614），原文"El Greco"义为"希腊人"，原籍希腊的西班牙画家，原名多米尼克斯·希奥托科普罗斯。其名作《托莱多风景》中有美丽的湖泊和教堂尖顶。——译注

晒伤的手指

穿透

左心室

十四、死神理发师

理发师
对我谈起
死神
那理发师

用睡眠
给我理发
剪短我的
生命——

只是
一瞬间
他说，我们
每夜都死——

还谈到
从死神的
秃头上长出
头发的

最新方式——
我对他
说起石英
灯

和带第三套
假牙的
老人们
因为一位

老人
在门边
提示我说——
今天阳光灿烂！

为此
死神给他
一周剃
两次头

十五、光明变成黑暗

大教堂的朽坏
是风化的
通过电影院
惊人的增长

其天主教性质
是进步
因为破坏和创造
是同时的

没有牺牲
哪怕是最小的
细节哪怕给
火山似的管风琴

其悲哀可以翻译为
喜悦,如果光明变成
黑暗而黑暗变成
光明,如其将会——

但是貌似固执的
教会分裂
通过简单地旋转物体
就被从纵向扭转①

切除了它似曾
助长的灾难的
根源。因此
电影是一种道德力量

每晚具有
沙子般的亲密性和
普遍性的人群
见证自我的口水

它曾经被淹没
在香熏烟雾中被关节
柔韧的对无害性的
想象反复吟咏

那想象受到圣经的僵化性
支持,后者被编成基督受难剧
在祭坛上
吸引动态的群氓

---

① "旋转物体,如电影所做的那样。"(约翰·C. 瑟尔沃尔的笔记)

其扫除杂草的

女性亲属

托尔斯泰曾亲见注入了

俄国贵族血统

十六、给一个患黄疸病的老妇人

哦舔着
她的下嘴唇
上的疮的
舌头

哦翻倒的肚子

哦粘着
乱发的
激情的棉布

叠起的
手帕上的
极乐口涎

我不能死

——患黄疸病的
老妇人呻吟
转动着她的

橘黃眼球

我不能死
我不能死

十七、开枪吧吉米![*]

我们的管弦乐队
是猫的坚果——

班卓琴爵士乐
用一个镀镍的

扩音器来
抚慰

野蛮的野兽——
把握节奏

那个薄片
是许多奶酪。

伙计
给我钥匙

---

[*] "为保留节奏特点而构造的。"(约翰·C. 瑟尔沃尔的笔记)

让我放纵——
我用我的和弦

让他们发疯——
开枪吧吉米

没有人
没有别的人

只有我——
他们无法模仿

十八、给埃尔西*

纯粹的美国产品
发疯了——
来自肯塔基或丘壑

纵横的泽西北端的
山民
连同那里孤寂的湖泊

和峡谷,那里的聋哑人、小偷
老名字
以及天不怕地不怕

纯粹出于冒险欲而爱上了
搭火车的
男人之间的乱交——

还有从星期一到星期六
都在污秽中

---

* 埃尔西是来自新泽西州立孤儿院的智障少女,在威廉斯家当保姆。

沐浴的邋遢女子

那一晚要戴上俗艳
首饰
都是出自

没有农民传统赋予
个性
而只是挥舞显摆破布的

想象力——屈从
而没有感情
除了在某处苦樱桃

或琼花篱墙下麻木的
恐惧——
她们无法表达——

除非那是
也许有一点
印第安血统的通婚

会生出个女孩那么孤苦
周围遍布
疾病和凶杀

竟至被一位探员
拯救——
被州政府养大并且

十五岁时被派出去打工
在郊区
某个窘迫的人家里——

某个医生的家人,某个埃尔西——
用坏脑子
道出我们的

实情的丰腴的水——
她那硕大
笨重的臀和松垮垮的胸

曾吸引过
廉价珠宝
和眼睛俊秀的富家子

就好像我们脚下的土地
不过是
某块天空拉的屎

而我们是受辱的囚徒
注定

要饿到吃污物

同时想象力费力地
跟踪母鹿
在九月闷热的空气里

走过黄花地
不知怎地
那似乎毁了我们

只有与世隔绝的节疤
才会长出
某种东西

没有人
目击
和修剪，没有人开车

十九、角状的紫色*

一年的这个时候
十五和十七岁的男孩
该在帽子里——或一只耳朵上
戴两朵角状的丁香花

这样做是什么缘故呢?

那是某种——
食杂店司机或出租车司机
白种人和有色人种——

让头发长得长长的
弯弯的遮住一只眼的家伙们——
角状的紫色

---

* "对我非常重要——我被我看见的一个男孩感动了。我被实际的东西带跑了而忘了结构。我通常被景象和节奏的一贯性撕裂。在此我忘了节奏的一贯性,因为景象作为事实被强加于我。"(约翰·C. 瑟尔沃尔的笔记)

肮脏的萨堤罗斯①,那是
提升到最高权力的庸俗

他们偷来了它们
咒骂一声主人
把灌木丛破开——

丁香——

他们站在商业街上的
门洞里,脸上带着
冷笑

装饰着花朵

出自他们芳香的头
黑暗的吻——粗糙的脸

---

① 萨堤罗斯,古希腊神话中半人半羊的森林神祇,头上长角,淫荡好色。——译注

二十、海[*]

环抱她年轻身体的海
呜啦噜啦噜
是有许多臂膀的海——

正午闪耀的秘密被破解了
而而而
不平的沙滩是爱的声音——

在海里翻滚的肉体很紧实
噢啦啦噢
那因含有死人的泪水而冰冷的海——

那深入到海边的
求爱深深地
在浪涛的拍打声里退回——

肩头上的一眨眼
大如汪洋——

---

[*] "拙劣的东西。我再也没试过。"(约翰·C. 瑟尔沃尔的笔记)

一浪接一浪到海边

呜呣吧嚅呣

那是海的冰冷
被月亮的引力摔碎
在沙滩上

在海中戏水的年轻肉体
随着远处男人的呼喊漂浮着
他们从海里升起

用绿色的臂膀
再次向那边夜色
深沉的原野致意——

啦噜啦噜
但是太少嘴唇
发出新声——吗嚅呜

在黑暗的海下
没有边际
所以是两个——

二十一、宁静

一天在伊甸园里
一个吉卜赛人

看见乏味的
树叶——

那么多
那么淫荡

且平静
就笑了

二十二、红独轮车

很大程度
要看①

一辆红独
轮车

雨水髹得
锃亮

挨着那群
白鸡

---

① 这两行诗句的原文是"so much depends/upon",是个无主句,可以说省略了主语"it","so much"是状语而不是主语。实际上,这是威廉斯的口头禅,常见于他的访谈中,例如 Interview with William Carlos Williams (ed. Linda Wagner, New Directions, 1976) 一书第 28 页:"You see, so much depends upon the passage of time."犹如口语中常说的"[It] depends [upon something]"(要看情况)。——译注

二十三、胡言乱语

有电线和星星的
真正夜晚

月亮在
橡树的裆里

在窗内睡觉的
人咳嗽

声音跨越圆的
和尖的叶子

虫子蜇人
而在草地上

白色的月光
泪盈盈

摆出午后的
姿态——

但它是真实的
桃子挂在那里

回忆死亡的
承诺已久的交响乐

它那音调谐和的树林
和弦乐悠扬的灌木丛

是存在而不
生存的幽灵

除了带着果汁和
果肉来安抚

夜晚所揭露的
种种饥渴

以至于现在
真理终于

闪耀着魔鬼般的和平
抢在白昼——

那用曾经爱海洋
和原野的薄雾

来预言的心——
在翌日用可怕的红色

破晓之先——
因此月光

是完美的
人性关怀

二十四、白杨大道*

树叶在树中
拥抱

那是个无言的
世界

没有个性
我不

寻找路径
我嘴唇上

依然紧贴着
吉卜赛人的嘴唇——

那是树叶的
亲吻

---

* "我当时在用自己的语言写作,无论语言提示什么我都写。我跟随着自己头脑中的美国习语的节拍。"(约翰·C.瑟尔沃尔的笔记)

不是
毒漆藤

或荨麻，而是
橡树叶之吻——

亲吻过
树叶的人

无需看得更远——
我向上

穿过
树叶的华盖

同时
我向下

因为我不做什么
不寻常的事——

我开着车
我想着

比利牛斯山里的
史前洞穴——

三兄弟
洞穴①

---

① 三兄弟洞穴,法国旧石器时代晚期洞穴艺术遗址,系拜冈伯爵的三个儿子所发现,故名。"三兄弟"原文为法语"Les Trois Frères"。

二十五、快速交通*

在纽约州每四分钟
就有人死亡——

你和你的诗去死吧——
你将腐烂并被吹走

与剩下的气体一道
穿过相邻的太阳系——

关于它你究竟知道些什么？

定律

别被杀了

越过平原要小心
穿过岔路须谨慎

---

* "我当时正在研究语言实际使用的表现。请比较《四月》。"（约翰·C. 瑟尔沃尔的笔记）

赛马   黑
            与
武步   白

在纽约市里出游

嗨到旷野里去吧

别关在闷热的屋里
到哪个大公园去吧
例如佩勒姆湾

在长岛海峡上
有游泳、划船
网球、棒球、高尔夫球，等等

一亩又一亩绿草地
美妙的遮荫树木、泛着涟漪的溪流

     乘坐列克星敦大道（东侧）线
     佩勒姆湾公园支线
     几分钟你就到
     那儿了

区际快速交通公司

二十六、看球赛

看球赛的人群
一致被一种

令他们欢喜的
无用精神所激动——

所有令人兴奋的
追逐和逃避的

细节，失误
天才的闪光——

除了美，那永恒者之外
一切都无目的——

所以人群，他们中个个
是美的

因为这是
要被警告提防的

要被礼敬和轻蔑的——
它是活的、恶毒的

它阴险地微笑
它的言辞犀利——

跟母亲在一起的那闪光的
女性,得到它——

那犹太人直接得到它——它
是致命的、骇人的——

它是审查,是
革命

它是美本身
一天天

悠闲地活在他们
之中——

这是
他们的面孔的力量

它是夏季,它是夏至
人群在

欢呼，人群在大笑
一个个

永恒地，严肃地
没有思想地

二十七、野花

黑眼睛苏珊
富丽的橙色
围绕着紫色的核

白色的雏菊
是不
够的

群众是白色的
就像农民
生活贫困

可是你
富于
野性——

阿拉伯人
印度人
黑皮肤女人

寒冬来袭[*]

（1928）

* 此系列诗文始作于 1927 年 9 月末至 10 月初诗人乘船从法国回美国途中,发表于《流亡者》1928 年秋季号。散文部分此卷未收录。

我的卧铺狭窄
在海上
一间小屋里

号码在
墙上
阿拉伯数字 1

我上边的
2 号铺位空着
乘务员

把它拆下
搬
走

只剩下
号码
· 2 ·

在一块椭圆形
塑料牌上
钉在

髹白漆的
木壁板上
两颗

亮晶晶的钉子
就像星星
伴着

月亮

9/30 *

没有完美的浪涛——
你的写作是一片大海
充满错误的拼写和
谬误的句子。平静。翻腾。

似乎从不休息
近乎沉默的群鸟
翅膀所触及的
一个远离陆地的中心——

这就是大海的悲哀——
浪涛似词语,全都破碎——
如同高涨和低落的情绪。

我倾身观看那脆生生
浪峰的细节、精巧而
不完美的浪沫、彼此

---

* 此诗的后三节后来又收入诗集《早年殉道者及其他》(1935),题为《大海的悲哀》。

片片相似的黄水草——

没有希望——如果没有一个
珊瑚岛慢慢形成
等待禽鸟掉落
种子使它变得可以居住

10/9

过道里
有个小黑孩儿
挠着手腕

他头上的帽子
是红蓝的
顶上有大檐儿

他的嘴
张着,舌头
在牙齿之间——

星期一
   美人蕉炫耀
它那深红的头

深红合抱着
脆生生躺倒在

    这简陋

庭院看不见的
深红的心上

草很长

    1927
十月十日

枯死的杂草中一个垃圾堆
燃烧着：橙色的火焰
横向流动，被风吹得
与地面平行
起伏波动
火点轮流呈现为
有条纹的主体和圈环
及紫色斑点，同时
苍白的烟雾，在上方
稳定地继续向东——

老人有什么机会？
没有他们可尽的职责
没有他们可坐的地方
他们的知识被人嘲笑
他们看不明，他们听不清。
肩上的一个小包袱
就把他们压弯了
一只手放在包袱下面
来托稳它。

他们的脚痛，他们很虚弱
他们不应该像年轻人必须
和实际做的那样受苦
应该给他们休战的机会

10/22

那雨湿的橙色
鲜亮的野地
覆盖着

红色的草
和油绿的杨梅

排水沟上
最后的蓍草
在含沙的雨水
旁边发白

一棵白桦树
叶子黄黄的
没几片
松松地挂着

一只小狗
跳出
那老酒桶

10/28*

    大热天
    在隔壁屋里
        在厨房里

    缝纫机
    转动着

  男人们在酒吧
    谈论着罢工
    和现金

---

* 在美国国会图书馆所藏一笔记本中，诗人给此诗加有标题《夏》。

在这强光中

无叶的山毛榉树

云一般闪亮

它好像自身

发出

一种柔和赤裸的

爱之光

照临脆生生的

草

可是再看一眼

有

几片黄叶

依然在晃动

相距很远

这儿一片那儿一片

活泼地颤动着

10/29

贫穷的正当性
　　其耻辱其尘垢
与爱的吝啬
　　同一

其裹在柏油布里的风琴
　　绿色的鸟
肥胖瞌睡的马
　　老头们

摇风琴的人脸色难看
　　帽子压到眼睛上
乞丐笑开了花
　　油灯灭了

流行歌曲——
　　卖给出价最低者
五分钱
　　两分钱或者

一分也没有或者
　　违背意愿
强加给我们

致空中的货运火车

缓慢的
　　哐啷，哐啷
　　哐啷，哐啷
都在树梢之上挪动着

那
　　嘶哑的汽笛的
呜，呜

　　啪，啪，啪
　　啪，啪，啪，啪

　　一节一节
　　一节一节
依然磕磕绊绊地挪动着
穿过晨雾

在火车头拼命

驶过
  早已向左方

消失得
  无声无息之后

11/1

月亮、枯草
和七星①——

七英尺高
黑暗、干枯的草茎
把夜的一部分
造成红花边
在深蓝乳白的天上

写作——
就着一盏小油灯

七星几乎
默默无闻
月亮斜斜的
没了一半

---

① 七星,金牛座昴宿星团七星,亦可指16世纪法国以彼埃尔·德·龙沙为首的七位诗人,人称"七星诗社"。——译注

穿着跑步短裤

面容俊美,表情狂喜

在灯光照亮的

广告牌上正跃过

印着字的跨栏

"他们1/4的精力来自面包"

两个

巨大的高中男生

十英尺高

11/2

　　大丽花——

　　　　她朝着太阳

　　　　　　持着的是

　　怎样的一面又红又黄

　　　　　　　又白，圆

　　　　而有瓣的镜子啊？

　　　　一张红脸

　　全掩在黑的

　　　　灰的

　　　　从帽檐下

　　滋出的头发里

　　请问先生这是华盛顿大道吗

　　　　　或者我得

　　　　跨过这轨道？

11/2

清晨对俄国的想象[①]

大地和天空非常接近
太阳升起时,在他心里升起
浸洗着红色寒冷的黎明
世界,这样寒冷就是他自己的。
薄雾是睡眠,睡眠开始
从他眼里褪去,在他下面
花园里几朵花正朝前俯卧
在浓绿的草地上,那里
在乳白色的阴影中,橡树叶
被夜雨重重地成片按压
在草地上面。没有城市
在他和他的欲望之间
他的恨和他的爱没有围墙
没有房间,没有电梯
没有档案、蒙面凶手
包头盗贼的拖沓、乏味

[①] "一种同情的人类情感——非政治性的——由对俄国的想法引起的。"(约翰·C. 瑟尔沃尔的笔记)

死寂的人行道的渣滓、抵御
除了他才会高价消费的
欲望的墙,没有城市——他
没有钱——

    城市已经富有地消逝
到了外国,从俄国偷走了——
她的城市的富有——

分散的财富离他的心很近
那一刻他感觉到它不确定地
跳动在他手腕里,分散的
财富——只是手头没有多少。

城市充满了光亮、精美的服装
餐桌上的美味佳肴、多样性
新奇性——时尚:所有花费都是为此。
永远也不会再像那样了:
曾经有过的框架。这撩拨他的
想象力。但又在一股升起的平静中逝去了

叹哒啦唽!叹哒啦唽![①]

---

① 这是瓦尔特·冯·德·佛格尔韦德所作歌《菩提树下》中夜莺所唱的叠句。WCW 很可能知道中古德语原诗,他可以在托马斯·洛弗尔·贝多斯的翻译中找到这句歌词。

他在唱歌。两个可悲的农民
非常懒惰和愚笨
似乎从他自己的脚下
走出，正拿着木耙走开
在六棵近乎光秃的杨树下，上坡

我的脚往那儿去。
他静静地站在窗前，忘了
刮胡子——

非常古老的过去被重新发现
重新定向。它曾经游荡到他自身中
世界就是他自身，这些是
他自己的眼睛在看，他自己的头脑
在努力理解，他自己的手
将会触及他人的手
它们是他自己的！
他自己的，虚弱，不确定。他要外出
去采草药，他毕业于
古老的大学。他要外出
请求湖边小村庄里的
那个老妇人教他辨认野生
姜。他自己认不得这种植物。

一匹马正踏着土路上行
在他的窗下

寒冬来袭（1928）

他决定不刮胡子。像那两个
他现在认识的,因为他以前
从不认识他们。一个城市,时尚
曾经在其间——

现在其间什么都没有了。

他要不刮胡子去苏维埃。就是
这一天——听。听。这就是
他所做的一切,听他们说话,
为他们权衡。他正在变成
一对天平,黄道带上的
天平座。

　但更进一步,他自己就是
天平。当地的苏维埃。他们可以
权衡。如果还不算太晚的话。好多天
他觉得不确定。但所有人一起
都不确定,他必须为他们权衡而
不顾自己。

　他从搁板上拿起一把
小剪刀,仔细地修剪
指甲。他自己添柴烧火。

我们已经切除了肿瘤

但谁知道呢？也许病人会死。
病人是任何人，任何我想要、
我的手要拥有它的毫无价值的
东西——而不是那种感觉
在我和报纸之间
有一张光面纸——看不见
但坚韧，历经占有所需的
法律程序———个城市，
我们可以占有的——

  这是在艺术中，这是在
法国画派里。

  我们缺乏的是
一切。那是一切的
中段。不可拥有。

  我们现在拥有的不多但
我们有那个。我们是疗养者。非常
虚弱。我们的手抖。我们需要
输血。没人会给我们输。
他们害怕感染。我并不
怪他们。我们已经付出了沉重代价。但我们
已经得到——触摸。眼睛和耳朵
瞧不起它。闭上吧。

寒冬来袭（1928）

11/7

我们必须听。她
死前告诉他们——
我总是喜欢打扮得漂亮
我想显得好看——

于是她请他们把她打扮
漂亮。他们给她烫了鬈发……

然后她斗争
她不想走
她不想!

11/8

啊被污染被污蔑的
我的心河我曾把你比作
那另一条躺在
十一月的红草丛中
现在正开始清除
工厂的污染

虽然在夜间守夜人
还必须巡逻以免有人受雇
打开废水闸门——
那条河将变清洁
在你变清洁之前

11/10

贝壳花
蜡葡萄和桃子
雕饰繁复的橡木或红木桌
高背的豪华厅堂椅

或女孩的腿
灵活的支柱
乳房
大头针头——

——日落后四个小时
湿着
身穿游泳衣。
是那么着。对吧?
容易变得
难以脱掉。

然后出乎意料地
一座小房子上方
翱翔着一棵无叶的橡树

有人应当为了
地方政府的利益
概述这些事物或一只斑点狗
是如何沿排水沟而上的——

用粉笔粗略地
在铁路桥上支持
一个疯狂
挥动两根擀面杖的女人

就连白痴也变老
　　戴着帽子帽舌
在右耳上方
　　斗鸡眼
脚底板拖地
　　在救火站背后
看着三只山羊
　　他脸上的皱纹
比去年更深了
　　雨骤然
倾盆而下

11/22[*]

猎人依旧回来

甚至穿城而过

猎枪公然

挎在肩上

尽管大部分

时候空着手

    但漠然

仿佛来自且真是来自

另一个更老的世界

---

* 此诗收入《1921—1931年诗合集》(1934)时题为《10/22》，而且结尾稍异。

11/28

我挣的钱真的很少。
那又怎样?
我更喜欢带有雨水的草
我驾车转弯时
车前灯前面的短草——
一种堕落的特质,无疑。
它会毁了英格兰。

12/15*

在万能上帝面前她是个什么形象啊
她双手插在雨衣兜里,头低垂着,
便帽拉了下来,背平直,腿细长,
无拘无束的脚边走边踢着鹅卵石

---

* 在美国国会图书馆所藏一笔记本中,诗人给此诗加有标题《金色西方的女孩》。